Avatar

Pandora Indomable

Índice.

DESCUBRIMIENTO

Hacía muchos años que la humanidad recorría el basto espacio interestelar y más de un siglo desde que Isis, la primera nave en hacer un salto cósmico con éxito, regresaba a la tierra con su tripulación intacta y llena de esperanzas.

Esto era posible gracias al descubrimiento de las propiedades de la materia oscura; un conocimiento que había dado a nuestra especie un avance enorme en cuestiones de propulsión.

Esta nueva tecnología nos permitía doblar el espacio y de esta forma llegar en apenas unos pocos días, a un lugar donde de otra manera tardaríamos generaciones en hacer sólo una fracción de esa distancia.

Desde ese grandioso hallazgo, el afán por encontrar vida inteligente cobró fuerza como nunca y casi todas las naciones de la tierra se unieron en un objetivo común: proporcionar los recursos necesarios para hacer posible el sueño de poblar otros mundos y ampliar las fronteras de la humanidad.

No fue nada fácil. El inmenso espacio lo hacía una tarea titánica y llevaba muchos años preparar una misión de ese calibre.

La mayoría de las veces el lugar elegido no era más que una sombra de lo esperado. Las observaciones desde la tierra no eran tan precisas como se creía y eso frustraba hasta al más optimista.

Nuestra galaxia, la vía Láctea, nos ofrecía miles de posibilidades. Los millones de estrellas y planetas nos tendrían ocupados por milenios antes de que nos atreviéramos a incursionar en otra galaxia.

Sí. La humanidad había comenzado el increíble viaje en busca de un nuevo hogar.

Dentro de uno de los brazos interiores de nuestra galaxia, en una gran nube cósmica, un enorme planeta gaseoso formaba parte de un sistema solar. Lo acompañaban otros cinco planetas orbitando alrededor de una gran estrella.

Este enorme planeta poseía dos lunas, una de las cuales era el doble del tamaño de la Tierra. Origen rocoso, mares líquidos y una atmósfera similar, se presentaba como el prospecto perfecto para una una misión.

Pasaron cinco años hasta que una sonda llegó al lejano sistema solar y comenzó su desaceleración para acercarse al nuevo mundo.

Cuando estuvo en posición, desprendió un dron el cual ingresó en la pesada y nubosa atmósfera de aquel lejano y extraño planeta.

Las imágenes eran asombrosas: una enorme selva se extendía por cientos de kilómetros que terminaba en un acantilado. Unas extrañas islas flotaban sobre un mar agitado. Era algo increíble, como si la gravedad no funcionara de la manera que creíamos. Esto destruía toda ley física de las conocidas hasta el momento y como si fuera poco, además de estas increíbles formaciones rocosas, el lugar estaba lleno de vida.

El nuevo planeta poseía todo tipo de criaturas que surcaban el cielo y se escondían bajo la tupida selva. Era un lugar maravilloso y por lejos, el mayor descubrimiento de la humanidad.

Durante más de un año la sonda examinó el planeta recogiendo todo tipo de información; la inteligencia artificial hacía su trabajo de manera fehaciente. Se guardaban en su interior miles de datos sobre sus compuestos químicos, topografía y actividad biológica.

Cuando la misión de exploración concluyó, la nave se alejó del planeta, tomó impulso y realizó su salto espacial con destino a nuestro hogar.

Toda esa valiosa información no tardó en ser analizada y hasta el más escéptico de los científicos, cayó rendido ante la contundente evidencia: por fin uno de los enigmas más grandes de la humanidad se había resuelto. Había vida en el universo, una vida compleja y maravillosa. Después de todo, no éramos tan especiales como nos gustaba creer.

Comenzaba una nueva etapa para la humanidad. Biólogos, ingenieros y especialistas de todos los campos, trabajarían juntos e incesantemente para que el hombre pusiera un pie en este nuevo hogar el cual bautizamos como "Pandora".

Una nueva misión estaba en marcha y los recursos financieros del mundo se volcaban al desafío de colonizar el nuevo planeta. Había todo tipo de inversiones, pero la minería se destacaba del resto.

El descubrimiento de la vida que a simple vista parecía lo más importante, era sólo una parte de la verdad: un nuevo tipo de mineral con propiedades únicas aguardaba para ser explotado.

Este nuevo oro estelar, tenía la cualidad de flotar en el aire como si no hubiera gravedad. Era increíble y todo el mundo quería echarle mano a una de esas maravillosas piedras.

Martin J Morgan era un Geólogo muy experimentado. Con sólo treinta y ocho años era una de los pocos que había trabajado en el Ártico y también en la Antártida, pasando cinco temporadas en el crudo invierno polar. Soltero y con mucha ambición por el descubrimiento, no pasó desapercibido en la búsqueda de la compañía GoldenSpace, el conglomerado industrial que patrocinaba la campaña minera al nuevo mundo.

Amaba el espacio y devoraba toda la información que provenía de Pandora. Su misión era muy clara: encontrar un yacimiento de este extraño mineral para luego instalar un campamento permanente en la superficie.

Según lo sabido hasta el momento, este precioso mineral que hacía flotar las rocas, se encontraba disperso por todo el planeta. Sin embargo, su concentración más importante era en el llano bajo, la tupida selva, lo que hacía que la misión de Martin tuviera un componente de peligro más grande.

Por lo que se conocía, había una gran cantidad de animales de los cuales no se sabía nada; sólo circulaba que la mayoría eran de gran tamaño al igual que las plantas. Al parecer, la distorsión gravitacional había causado una exacerbación tanto en la flora como en la fauna del lugar y todo estaba sobredimensionado. Comparado con lo que estábamos acostumbrados a ver en la Tierra, nuestros bosques parecían bonsáis y los animales terrestres simples mascotas domesticas al lado de aquel ecosistema maravilloso.

Esto a Martin le quitaba el sueño, pero al mismo tiempo lo atraía como un imán. Su hambre por transitar nuevas experiencias era más fuerte que el miedo a lo desconocido. Su alma de explorador lo había conducido hasta los lugares más remotos e inhóspitos de la tierra y por supuesto Pandora era la frutilla del postre para su maratónica carrera.

La GoldenSpace había ganado la licitación para montar la primera misión. El tiempo corría y los accionistas estaban ansiosos por poder ver avances en el proyecto. El dinero invertido era mucho y algunos aventurados habían vendido todo lo que tenían para comprar acciones de la compañía. Esto generaba un stress constante, tanto en la relación con sus empleados como en el mercado de valores. Más de uno quedó en el camino por no poder soportar la presión laboral.

Mirko Sedoff, un experto ingeniero civil, estaría a cargo de montar el campamento una vez hallado el lugar.

Era una de esas personas difíciles de olvidar; tenía un carácter muy fuerte y era un hombre de pocas palabras. La gente de la GoldenSpace trataba con él hacía más de quince años y desde que había llegado de la tundra Siberiana, no había hecho más que crecer dentro de la compañía.

Tenía grandes aspiraciones personales; poder ser el primer hombre de Rusia en pisar Pandora, le permitiría conseguir el dinero suficiente para regresar a su tierra y cumplir con el pago de una enorme deuda, la cual había contraído con el juego ilegal. Su lado oscuro lo metía en muchos problemas, pero en este último tiempo su conducta había mejorado considerablemente.

Fuera de la atmósfera de la tierra, un enorme carguero espacial se construía a toda velocidad.

Para esta primera misión, sólo traería una pequeña cantidad de material porque no se sabía casi nada de este mineral. El riesgo que algo saliera mal durante el salto cósmico era altamente probable y podía hacer que toda la operación se fuera por el excusado.

Sin embargo, el dinero no era lo único que se esperaba traer de Pandora. Había algo inmensamente importante que nadie podía dejar pasar por alto. La vida hallada en todo su esplendor suponía una inmensa oportunidad para la ciencia y una parte importante de la nave se guardaba para traer tanto plantas como animales. Lo colectado sería estudiado en las principales universidades. Todo aquello era un mundo en sí mismo y por supuesto fue inevitable que el nombre de la nave fuera "El Arca".

La elite de científicos de todos los campos de la medicina también se había embarcado en esta aventura y los principales laboratorios médicos era patrocinadores importantes. Cada quien reclamaba su tiempo y lugar en el gran juego de Pandora.

No fue una tarea sencilla poder combinar una tripulación que fuera armoniosa, sobre todo teniendo en cuenta el carácter de Rose Fletcher, una bióloga de enorme prestigio y esposa de uno de los políticos más reconocidos del hemisferio norte.

Su influencia se hacía notar a tal punto que uno de los directores de GoldenSpace, pidió cancelar la misión porque la convivencia con la Doctora se hacía imposible, hasta llegar al límite de querer enviarla en otra nave.

El amor por la ecología se entrometía en casi todos los asuntos y lluvias de correos electrónicos llegaban a las oficinas del Director de Operaciones con toda clase de sugerencias. Algunas rozaban lo ridículo. Su humor era de perros incluso el día que estaba bien, pero a pesar de todas estas falencias era una persona fantástica, conocía de memoria cada planta, cada animal con un detalle increíble. Era una gran docente, odiada y amada por todo aquel que la conociera. Los que le tenían aprecio le decían la enciclopedia andante y como si algo le faltara, también era experta en química orgánica, lo que tendría un papel fundamental más adelante.

DIA 1

El tiempo pasó y llegó el día en el que todo estuvo preparado para partir hacia aquel lugar tan prometedor. Había un gran revuelo en las principales capitales del mundo por el acontecimiento que estaba por suceder.

Habían quedado atrás los días oscuros y turbulentos, las peleas por un lugar y el presupuesto. La hora de Pandora se aproximaba.

Todos los sistemas estaban en luz verde y el comandante de la misión dio la orden. Las naves comenzaron su aceleración cósmica.

El personal que pisaría el planeta por primera vez, como parte del protocolo de lanzamiento, descansaba en el largo sueño de la criogénesis desde hacía una semana.

Al llegar al lejano sistema solar, comenzaron a despertar a los más de cien tripulantes. Uno a uno fueron revisados por los médicos robóticos y enviados al área de ejercitación espacial, para que de esta forma recuperaran sus capacidades físicas, las cuales se encontrarían afectadas por el sueño de casi un año.

Cuando fue el turno de Martin, despertó de una manera abrupta. La nave tuvo una falla eléctrica y al abrir los ojos sólo vio oscuridad y un enorme planeta de colores, rosado y celeste, por una ventana cercana.

Afortunadamente solo duró unos segundos, pero su corazón se aceleró de tal forma que fue suficiente para que una alarma en su cápsula sonara con fuerza hasta que llegó una enfermera y la apagó.

— Linda manera de despertarme—susurró en voz baja, pero la enfermera lo había escuchado y no pudo disimular su sonrisa.

— Tranquilo, Ingeniero. Sucede a menudo, pero no es es algo grave. Según el Capitán se debe a la anomalía magnética del planeta, pero la nave está preparada para eso y más.

— Espero que sea verdad o me vuelvo a Miami— Bromeó Martin con una sonrisa, aunque algo temeroso.

Como todos los tripulantes, Martin pasó por el escaneo obligatorio y para su suerte estaba en perfectas condiciones. Desayunó en un inmenso salón que estaba vacío y siguiendo las instrucciones de un dron, se dirigió hacia el gimnasio. Al entrar le llamó la atención que los tripulantes fueran todos asiáticos. Pudo ver que lo miraban como bicho raro y empezaron a murmurar entre ellos.

Esto lo hizo sentir incómodo y comenzó a buscar a otras personas. Apartado en un rincón y frente a un gran ventanal en el cual se podía apreciar al planeta, un hombre rubio de gran porte corría en la cinta como todo un profesional. Se acercó a él, pero no dijo nada. En silencio se subió a la cinta vecina y comenzó a trotar muy despacio.

—¿Son un asco esos chinos no?—comentó el hombre rubio sin mirarlo.

—Al menos no son muy simpáticos— respondió Martin con cautela.

—Son mi equipo de mineros y te aseguro que son un asco. Pero estos amarillos pueden estar enterrados un mes bajo una montaña de excremento y no se quejan; por eso están acá, son unos malditos topos.

A continuación, el hombre saltó de la cinta, tomó su toalla y se alejó.

Martin continúo trotando por media hora. Por su cabeza pasaban muchas cosas, sobre todo la imagen de su madre que había quedado sola en casa. Su padre la había dejado hacia un tiempo y estaba en las mieles de una chica de California veinte años más joven que él.

También pensaba en los peligros de este nuevo planeta lleno de vida, de la cual no se sabía nada y todo tipo de recuerdos de películas de ciencia ficción se mezclaban en su mente. La cinta se detuvo con un pitido y Martin quedó inmóvil contemplando el planeta. En ese mismo instante un sentimiento de desconfianza se apodero de él y éste no lo abandonaría hasta el final de la misión.

En el puente de la nave, el comandante George Partson enviaba un vehículo de reconocimiento para que sondeara el terreno. Alejandro Batisttone, un experimentado piloto de la aviación militar, estaba a cargo de cumplir esta tarea y luego de un turbulento ingreso en la atmósfera de Pandora, inició el descenso con mucho cuidado en busca de un claro donde posar la nave.

Al cruzar una colina y al pie de la misma, divisaron una gran roca que sobresalía de la montaña. Tenía el tamaño perfecto para el aterrizaje.

Con mucha cautela y recurriendo a toda su experiencia, el piloto posó la nave con una pericia extraordinaria. Apagó los motores y comenzó a observar el panorama que estaba a su alrededor.

Plantas de todos los colores y tamaños creaban una jungla infinita. Los sensores de la nave indicaban atmósfera respirable y su compañero de abordo el joven Jeff, abrió la escotilla principal. Se acercó a la puerta y se quitó el casco.

—¡Jeff, qué diablos estás haciendo!—Exclamó Alejandro, preso de un mal presentimiento, pero al ver la sonrisa del copiloto no le dio importancia.

—¡Tranquilo, Teniente, está todo bien!—dijo el incauto piloto mientras descendía por la rampa de la nave. Luego de dar unos pasos, comenzó a reír como un loco, perdió el conocimiento y dio su cabeza contra una roca. Alejandro estaba chequeando los instrumentos de la nave y decidió llamarlo por el intercomunicador sin recibir respuesta. Por ello se quitó el cinturón de seguridad para ir en busca de su compañero. Al llegar a la parte trasera, miró hacia la rampa y pudo ver solamente una de las botas de Jeff que se apoyaba en la puerta. Inmediatamente cerró su casco y activó el oxígeno.

En la nave principal sonó una alarma que monitoreaba los signos vitales de los pilotos y el cabo Rogers saltó de su asiento.

—¡Comandante!. Uno de los pilotos está en problemas, sus signos vitales están mal—dijo con un tono que rozaba la desesperación.

—¡Comuníquense con la nave de inmediato! ¿Quién está al mando?—respondió con presura Partson.

Alejandro caminó con mucha cautela y algo temeroso hasta llegar a donde estaba su compañero. Se agachó y movió su pie para ver si había algún tipo de reacción, pero nada sucedió. Con sus dos manos lo tomó de uno de sus brazos y lo giró hacia él.

Desafortunadamente, el golpe lo había matado. Con mucho esfuerzo arrastró el cuerpo de su compañero hasta el interior de la nave y cerró la escotilla. Por el altavoz de la cabina se escuchaban los llamados desesperados de la nave principal preguntando qué había sucedido.

Pandora se había cobrado su primera víctima.

En la gran nave orbital la doctora Rose aguardaba la llegada del teniente Batisttone. Quería saber con certeza qué era lo que había sucedió. El capitán Partson no había dado mayores detalles a su tripulación sobre el incidente en la superficie del planeta.

La primera vez que pisaban el lugar y en cinco minutos ya tenían un muerto. Esta situación ponía en alerta al Comandante ya si bien se sabía de los riesgos de la misión, su reputación como líder estaba en juego.

Tomó una bocanada de aire y se dirigió hasta el puerto donde arribaban las naves exploradoras.

Cuando por fin llegó, se abrió la escotilla trasera del pequeño transporte y dos sujetos entraron en la nave. Fumigaron todo por completo con un humo blanco, inclusive el cuerpo del fallecido Jeff. También rociaron al teniente Batisttone.

—¡Que carajo sucedió allá abajo!—exclamó el Comandante, sin vueltas y con cara de preocupación.

—Señor, acabábamos de aterrizar, hicimos el chequeo de rutina, Jeff me dijo que la atmósfera era respirable, comenzó a reír y dos minutos después estaba muerto.

—Eso no puede ser, Teniente. Tiene que haber algo más, ese muchacho tenía veinticuatro años. No se muere porque sí ¡Piense mejor, Teniente!

La doctora Rose quien estaba escuchando todo, dio dos pasos y con su mano derecha golpeó el casco de la nave exclamando.

—¡Óxido nitroso, señores, óxido nitroso!. Eso fue lo que pasó—dijo la doctora, quien comenzó a alejarse del lugar.

—¡Explíquese mejor, Doctora!—intercedió el Comandante impaciente.

—El óxido nitroso es un gas anestésico que produce risa. Se utilizaba hace siglos como sedante; seguramente eso fue lo que sucedió. Alguna planta o forma de vida debe generarlo— expresó la doctora, ya que tenía la atención de ambos.

—¡Claramente estamos en un ecosistema totalmente diferente al de la tierra!. Seguramente los animales que habitan allí son inmunes al gas— Rose tomó un instante para respirar y concluyó.

—¡Pero nosotros no!

El Comandante Partson agachó su cabeza y asintió a las declaraciones de la Doctora. Esta misión sería más complicada de lo planeado pero George confiaba mucho en su tripulación y en su experiencia. Si bien era un reto, sabía que no supondría un mayor problema y además contaba con los recursos necesarios.

Durante varios días se buscó una zona de aterrizaje plana que ofreciera un buen lugar para crear un campamento permanente. Pero fue inútil, ya que el único lugar estaba cerca de los polos y eso suponía miles de kilómetros de donde se encontraban los yacimientos del mineral que buscaban. Una jungla interminable, sólo interrumpida por el mar, era todo lo que ofrecía Pandora.

La tripulación se estaba empezando a impacientar hasta que por fin hallaron un valle con menor vegetación. Parecía ideal. Sólo unos cuantos árboles, lo que suponía no sería un gran esfuerzo quitarlos y de esa manera poder instalar el campamento.

Los equipos de ingenieros en pocos días tuvieron todo listo para hacer el viaje hacia la superficie y cinco naves se dispusieron para entrar en la atmósfera. Cada una con un propósito diferente. Como había que preparar el lugar para el aterrizaje, sólo una descendió en primera instancia con un equipo de obreros, los cuales llevarían las maquinarias para poder desmontar el lugar.

No se escatimó en herramientas e incluso se dispuso de explosivos por si eran necesarios. El Comandante Partson se estaba jugando su pellejo y a último momento pidió que se colocara una pequeña cantidad de armas en una de las bodegas.

Martin Morgan estaba muy nervioso por el descenso y no dejaba de agarrar el cinturón de seguridad de su asiento. Parecía que se había olvidado de todo su entrenamiento en el centro espacial y a cada segundo su respiración se iba acelerando.

—Ingeniero, ¿todo está en orden?—interrumpió un joven tripulante.

Martin pareció volver en sí. Tomó una bocanada de aire y sólo asintió con su cabeza.

Por las ventanas del transporte no podían ver nada. Una densa nube lo impedía. Los pilotos sólo se guiaban por el instrumental y el descenso pareció una eternidad. Poco antes de tocar tierra unas alarmas comenzaron a sonar en la cabina del piloto.

Los instrumentos se volvieron locos y se apagó la computadora de abordo.

—¡Prepárense para un aterrizaje de emergencia!—
gritó el piloto asustado y con voz temblorosa.

Todos pusieron su cabeza contra el asiento que
estaba frente a ellos y tomaron su casco con
ambas manos.

Unos segundos después, la densa nube se disipó y
el piloto pudo recobrar el mando de la nave.
Increíblemente, los instrumentos comenzaron a
funcionar como si nada hubiera pasado. Al
parecer esa nube provocó algún tipo de falla o
anomalía magnética. Por suerte para los
ocupantes del carguero no fue más que un susto.

—¡Bien, muchachos, bienvenidos a Pandora.
Chequeen su oxígeno y comiencen a descender de
manera ordenada!—exclamó el piloto. Luego
apoyó su cabeza en el respaldo de su asiento
exhausto por los nervios.

La escotilla trasera del transporte se abrió y en dos
filas bien ordenadas, los hombres descendieron
formando un círculo alrededor de la nave.

Eran treinta hombres incluyendo a Martin quien
bajó último junto con el jefe de esa sección. El

cabo Randall tenía una mochila llena de bengalas y comenzó a repartirlas a los hombres.

—Tenemos que formar un perímetro grande. Tomen la bengala y caminen.

Unos momentos más tarde la nave que los había traído despegó. Los hombres formaron un círculo el cual fueron ampliando. El lugar estaba despejado, eran sólo piedras y una pequeña maleza.

Al mirar al cielo podían ver las luces de la enorme nave que se acercaba a ellos.

—¡Ya viene! ¡Enciendan sus bengalas!—dijo con firmeza el cabo. En pocos instantes, un humo naranja intenso podía verse en el campo. El gran carguero tocó el suelo levantando una enorme nube de humo que se mezclaba con las bengalas. Fue todo un espectáculo.

Mirko Sedoff y su equipo de mineros habían llegado.

—¿Dónde está el Ingeniero?—preguntó Mirko al cabo Randall— Este señaló a Martin quien estaba mirando una colina llena de vegetación y apuntaba el scanner para analizar su estructura. Ya había visto al ruso acercarse pero no le dio importancia.

—Ingeniero, disculpe, mi equipo ya está en tierra ¿por dónde comenzamos?—dijo Sedoff con algo de impaciencia.

Martin rápidamente lo reconoció. Era aquel fornido hombre que había conocido en el gimnasio de la nave y dejó por un momento lo que estaba haciendo.

—¡Espero que sus chinos estén con ganas de trabajar!—le dijo con una sonrisa. Luego le dio las instrucciones para comenzar a levantar el campamento.

Dos grandes excavadoras comenzaron a limpiar el terreno. El lugar debía tener al menos una hectárea para poder montar una base permanente.

Para el atardecer la base estaba casi terminada. Los módulos de soporte vital, energía eléctrica y comunicaciones estaban instalados y funcionando.

A pesar de ello, la mayoría de los hombres volvieron a la nave principal, ya que la noche en

Pandora duraba casi treinta horas terrestres al igual que el día. Las tareas pesadas, por orden del Comandante se harían de día por precaución. Esa tarde se habían lanzado en varias oportunidades escuadrones de drones que patrullaban el campamento en busca de actividad. Lo que encontraron fue una gran variedad de animales. A Partson le preocupaba que éstos actuaban en manada por lo que pidió una reunión con la bióloga Rose Fletcher.

En la sala de reunión la Doctora examinaba con detalle las imágenes térmicas una y otra vez.

—Tenemos mucho trabajo aquí, ¿verdad?—dijo Partson, acercando una taza de café

—Mucho más del que imagina. Hay decenas de animales que reptan, caminan y vuelan. No tardarán en hacer contacto con alguno de sus hombres.

—¿Tengo que preocuparme de algo? Pude notar que algunos se mueven en manada—respondió con seguridad mientras se sentaba junto a la Doctora.

—Seguramente son herbívoros. Yo también lo he notado, pero si nos equivocamos, pondremos en riesgo a todos. Mire ésto, por favor.

La Doctora le mostró varios animales que le parecían potencialmente peligrosos. Algunos del tamaño de un rinoceronte o un hipopótamo. Al no saber nada de ellos, le pidió poder hacer una pequeña exploración de campo con algunos hombres armados por precaución.

El Comandante se levantó de su silla en silencio. Por su mente aún lo abrumaba la imagen del joven Jeff, fallecido en parte por su falta de recaudo. Seguramente daría cuenta de ello cuando regresara a la tierra.

—Tendrá su safari, Doctora, pero mis hombres estarán a cargo.

Al escucharlo, la Doctora levantó un pulgar como signo de aprobación y continúo examinado las imágenes en el ordenador.

Poco a poco la oscuridad se iba apoderando del campamento. En el módulo comedor, servían la cena para algunos hombres mientras otros trabajaban en diversas tareas para dejar los veinticinco módulos funcionando.

El campamento tenía una forma de cruz con un salón en el centro y cada sección tenía un soporte vital e independiente del otro.

Martin revisaba las lecturas del scanner en su ordenador, el cual le ofrecía un mejor panorama que la pequeña pantalla portátil. El campamento estaba en la base de una colina de algo más de dos mil metros y según lo que podía ver, era un buen prospecto para comenzar allí con las tareas de extracción del mineral.

Aunque deberían lidiar con un bosque desconocido lleno de criaturas, Martin sabía que podrían lograrlo. Estaba muy concentrado en su trabajo. Durante horas preparó el itinerario para los días siguientes.

La mayoría de los hombres descansaba; las arduas tareas manuales los habían dejado exhaustos.

El salón comunitario estaba vacío. Un silencio profundo se apoderó del lugar. Sólo era interrumpido por los pasos de un guardia haciendo su ronda.

Martin Morgan caminó en busca de una taza de café, la tomó y se acercó a una de las ventanas. El cielo estaba iluminado en parte por el gran planeta al cual orbitaban.

La vista era maravillosa. Por unos instantes pudo contemplarlo hasta que una voz tenue y temerosa Interrumpió sus pensamientos.

—¡Señor! ¡Señor, qué es eso!—dijo el joven guardia mientras se alejaba sigilosamente de la ventana.

Martin que estaba algo fastidioso por no poder encontrar un momento de paz, se acercó con premura hasta donde estaba el joven.

Efectivamente, algo estaba sucediendo allí afuera.

En la oscura silueta de la colina, podían verse destellos de luz que se encendían y apagaban en distintos lugares, algunos más débiles y otros más fuertes.

—¡Parece un maldito árbol de navidad! ¿verdad?—dijo el joven alejándose aún más de la ventana.

—Sí, pero está lejos de aquí. Yo no me preocuparía tanto—contestó Martin. En ese mismo instante un golpe se escuchó como si alguien hubiera arrojado una piedra. Pasaron unos segundos y nuevamente otro golpe, pero esta vez más cerca de ellos.

El guardia se acercó a un panel y activó la alarma. Una sirena despertó a todos, inclusive a Mirko quien roncaba boca abajo en su litera y del susto pegó su cabeza contra el techo.

Unos potentes reflectores iluminaron todo el campamento y Martin pudo ver fugazmente por la ventana, que algo o alguien se alejaba entre las sombras.

—¡Pero qué demonios sucede! ¿Acaso están locos?—se escuchó en medio del tumulto. El Jefe de Seguridad, Sargento Frank Leonard, ex Marine francés, había llegado en el último transporte al campamento. Por una dolencia estomacal se había acostado temprano. Se dirigió hacia el panel de alarma y la desactivó.

—¿Quién tuvo la brillante idea?—preguntó ofuscado.

—Fue mía, Señor. Escuchamos dos golpes en el módulo y pensamos que nos estaban atacando— dijo el joven guardia encogiendo sus hombros.

—No lo creo. Seguramente fue algún animal. Vamos a la sala de monitoreo y revisemos las cámaras—contestó Leonard mientras ataba una de sus botas.

Los tres caminaron hacia el lugar y al llegar vieron una cortina de tela muy precaria de color aluminio que separaba el ambiente. El Sargento la corrió y automáticamente comenzó a maldecir en voz alta.

Aún no habían instalado los equipos. Sólo eran un montón de cajas a medio abrir y decenas de cables por doquier.

—Sargento, creo que va a tener que creer en nuestra palabra—dijo Martin rascando su cabeza y continuó—Además somos dos personas y seguramente alguien más escuchó.

El sargento respiró profundo buscando tranquilidad.

—Está bien. Vamos a echar un vistazo afuera, pero tendré que pedir autorización al Comandante. Espero esté despierto.

El sargento se dirigió a la sala de comunicaciones y cuando llegó era otro desastre. Los técnicos apenas habían montado la computadora y dos de ellos trabajaban a toda velocidad para poner a funcionar la estación.

Unos minutos más tarde lo lograron. Encendieron los equipos y comenzaron a llamar a la nave principal. Intentaron por un buen rato pero no tuvieron respuesta.

—¡Qué sucede que nadie contesta! Pruebe por el canal de emergencia—exclamó Leonard impaciente.

—Eso intento, Sargento, pero el planeta tiene anomalías magnéticas y eso afecta las comunicaciones—contestó el operador.

—Sí. Los del primer grupo casi se matan en el aterrizaje, pero debe haber alguna forma—concluyó Leonard.

Martin llegó al lugar que era estrecho y todavía desordenado acompañado por Eduard King, el representante de la GoldenSpace y veedor del campamento.

—Sargento, tome un grupo de hombres y salga a dar un vistazo—reclamó Eduard sin vacilar.

La situación se estaba poniendo tensa. Martin sabía que tenían que conseguir resultados lo antes posible si quería un pasaje de vuelta a la tierra.

Todos estaban bajo mucha presión. El Sargento no sabía lo que podría encontrar allí afuera y fue muy directo con el veedor.

—Señor Eduard, si no me comunico con Partson, mis hombres no van a poner un pie fuera de esta estación.

En ese momento se escuchó un golpe muy fuerte y se cortó la energía. El sistema de emergencia se encendió y una luz roja muy tenue iluminó todo el interior.

—Parece que no va a quedar otro camino que ir a ver qué diablos está pasando. Prepárense, iré con ustedes—dijo Eduard golpeando con su mano la espalda del sargento. Este meneó la cabeza hacia ambos lados y se marchó para alistar a sus hombres.

La noche era iluminada por el gran planeta que estaba sobre el firmamento. Era como un crepúsculo eterno. De cualquier modo, los hombres de Leonard no se confiaron y llevaron linternas.

El primero en salir fue Eduard. Su arrogancia no le hubiera permitido otra cosa. El hombre que se había criado en los suburbios de New York había tenido una infancia muy dura. Sus padres lo habían abandonado en un orfanato de muy pequeño, pero gracias a su mentor, un profesor de la preparatoria que lo acogió, pudo enderezar la vida.

Hoy Eduard tenía más de diez años en la empresa y gozaba de la máxima confianza de los directores.

Martin también se unió a los exploradores. No abundaron los voluntarios para la tarea y obtuvo la aprobación de Eduard, a quien había conocido en una campaña en el Ártico algunos años atrás.

El Sargento siguió al veedor con tres guardias más. El pequeño grupo de seis hombres se abría paso por las penumbras.

Caminaron a lo largo de la primera sección del campamento sin ver nada extraño. Luego por el intercomunicador de su casco, Eduard recibió la ubicación de la planta de energía y dirigió al grupo hasta el lugar.

Cuando llegó fue evidente que algún animal había estado merodeando el lugar. Había huellas grandes y el cable de energía que unía el generador con la base estaba desconectado. Martin apagó el aparato, conectó el cable y encendió el generador. La luz volvió de inmediato al campamento y se escucharon unos gritos de aliento.

—¡Qué es este desastre!—exclamó uno de los guardias mientras observaba dos torres de iluminación tiradas en el piso y una maraña de cables todos mordidos. Eduard se acercó hasta el guardia e iluminó con su linterna la maraña de cables.

—¡Sargento, espero que haya traído armas porque hay algo con muchos dientes por aquí!—exclamó Eduard por el radio mientras corrían al encuentro del grupo. Todos los hombres se reunieron en el mismo lugar y se contactaron con la base para pedir instrucciones. Desde el centro de operaciones les ordenaron que se dirigieran al extremo del módulo cuatro, pues allí estaba la antena de trasmisión parabólica.

—Avancemos todos juntos y no olviden mirar la retaguardia—pidió Leonard a la vez que desenfundaba su arma.

Los hombres avanzaron temerosamente y con algunos tropiezos hasta el lugar donde se encontraba la antena. Al llegar sólo vieron otra desagradable sorpresa.

,¡Esto tiene que ser una maldita broma!—dijo Eduard, quien ya no podía contener su ira. La antena no estaba; sólo había un puñado de cables colgando del techo de la estación.

A pesar del miedo, todos los hombres comenzaron a buscar la antena por las cercanías de la base. A poco más de cincuenta metros había un árbol caído y sobre él reposaba la antena.

—¡Cómo carajos llego hasta allí!—exclamó un guardia.

En ese momento comenzaron a escuchar aullidos a lo lejos y una especie de quejidos de animales.

Uno de los guardias se quedó paralizado. Su linterna cayó de su mano. Un par de ojos como los de un gato, pero más grandes, se veían con el resplandor de las luces de la base. Los aullidos empezaban a escucharse cada vez más cerca. El hombre entró en pánico y comenzó a correr alocadamente hacia la puerta del módulo.

Leonard le gritó varias veces, pero el hombre no respondía. Tomó de su mochila una pistola de bengalas y lanzó una al aire.

Al menos una docena de animales estaban cerca de ellos, agazapados como esperando para atacar. Parecían chacales, pero del tamaño de una pantera. No tenían pelo, su piel era muy brillosa y sus fauces llenas de dientes afilados.

Martin pidió ayuda a un guardia y ambos levantaron la antena. No era pesada, pero sí incómoda para transportar por su gran tamaño. A paso rápido y escoltados por los demás hombres, Martin logró llevar la antena hasta la base del módulo. Lamentablemente, uno de los animales tomó coraje y atacó a Eduard. La bestia lo sujetó de la pierna con fuerza. Los gritos de dolor eran desgarradores. El Sargento con mucho temor apuntó su pistola y disparó al animal. Los primeros dos disparos no dieron en el blanco pero el tercero atinó en una pierna. El animal aulló, miró a Leonard desafiante y volvió a morder a Eduard. Los dos guardias restantes abrieron fuego sobre la bestia.

El animal, a pesar de sus heridas, pegó un salto enorme y se perdió entre los matorrales.

Leonard y uno de los guardias levantaron al malherido Eduard, pero éste no podía mantenerse en pie. Tenía una pierna rota y había perdido mucha sangre.

Martin se acercó a los hombres y ofreció cargar a Eduard para que los guardias pudieran estar atentos a otro ataque.

De un momento a otro, comenzó a llover muy fuerte y no se podía ver nada.

Los metros que los separaban de la puerta de entrada parecían kilómetros y cada paso una eternidad.

Leonard lanzó otra bengala al aire para iluminar el lugar. Con muchas penurias lograron llegar y en la base un grupo de jóvenes asustados, recibió a los hombres exhausto y empapados.

Los gritos del pobre Eduard se escucharon en los pasillos hasta que un enfermero le clavó una jeringa con morfina en la pierna y se durmió. Su cuerpo no paraba de temblar por las heridas.

El área de enfermería estaba lista. Un médico con un traje protector le practicó curaciones, pero por la gravedad de las mordidas, lamentablemente no pudieron salvarle la pierna.

Había mucha tensión en la base. Por los pasillos se murmuraron todo tipo de cosas, hasta algunos hombres habían pensado en renunciar, algo que les era imposible y claramente tendrían que superar la situación.

En el salón comedor, el Sargento desarmaba y limpiaba su arma a la vista de todos mientras tomaba una cerveza. Mirko se acercó hasta él y le susurró al oído.

—No sé qué pasó allá afuera, pero está poniendo nervioso a mis hombres.

El Sargento tomó su botella de cerveza, le dio un buen trago y le respondió.

—Espero que esté dispuesto a perder a algunos. Esto es un coto de caza y nosotros somos las presas—El hombre se levantó y enfundó su arma.

—¡Espere un momento! Fue sólo un perro—dijo Sedoff restando importancia.

—¿Un perro dice? Usted cree que estamos exagerando. No tiene idea ni derecho. Pregúntele a Eduard. Acaban de amputarle una pierna.

La lluvia era torrencial y cientos de relámpagos invadían el cielo. Nuevamente se cortó la energía y se activó la luz de emergencia.

Pero en esta ocasión a nadie se le ocurrió salir fuera de la seguridad del complejo.

—¿Cuantas horas nos faltan para que amanezca?—preguntó Mirko al Sargento, quien aún estaba en el comedor observando la lluvia por una de las ventanas.

—Más de doce horas. Habrá que armarse de paciencia—respondió con voz cansada.

—Voy preparar a mis hombres. Tenemos un maldito trabajo que hacer y vamos a hacerlo. No me importa si usted tiene miedo.

—¡Buena suerte con eso!—dijo Leonard con una sonrisa irónica y levantando su botella a modo de brindis.

En la nave principal, la Doctora Rose seleccionaba una serie de hisopos, bolsas y demás artículos que llevaría a la expedición con el propósito de recoger muestras.

Su habitación se había convertido en un laboratorio improvisado.

Estaba sorprendida con la diversidad biológica que tenía el planeta y no veía la hora de pisar la superficie. Las posibilidades que ofrecía el lugar eran infinitas y sabía que su trabajo sería material de consulta por generaciones.

Esta era su oportunidad de poder consagrarse después de muchos años y si se esforzaba lo suficiente, el trabajo de Charles Darwin quedaría como el de un principiante comparado con el suyo. Estaba decidida a correr los riesgos que fueran necesarios para realizar su tarea de clasificación de las especies que allí habitaban, tanto vegetal como animal.

El Comandante Partson golpeó la puerta de su habitación para trasmitirle las novedades y a pesar de que hacía más de doce horas que había perdido la comunicación con la base en tierra, ésto no era motivo para suspender lo acordado con Rose.

—Espero que lleve sólo lo necesario, Doctora—dijo Partson mientras señalaba las mochilas que estaban sobre su cama.

Rose sonrió y bajó uno de los bolsos al piso.

—Por suerte tengo asistentes, Comandante, ellos lo harán por mí.

—No se ofenda, Doctora, pero si llevo a sus asistentes también tendremos que llevar más hombres para la seguridad y le repito que es una excursión, no una invasión—dijo el Comandante apoyándose en una de las paredes.

—Bien. Hablaré con Batisttone con respecto a la carga y con su permiso, ahora debo ducharme.

La doctora era muy hábil tanto para evadir un problema como para quitarse a un hombre de encima. Ella observó como George la miraba y sabía que no había ido hasta su habitación para hablar de una excursión. Había algo más.

Sin ninguna duda la Doctora estaba en lo cierto. El hombre caminó por los pasillos hasta su camarote pensando en la Doctora. Le atraía su figura y su manera de ser; le despertaba curiosidad ya que la mujer era un encanto y un misterio en si misma. El Comandante estaba solo desde hacía más de dos años.

Su vida amorosa no había sido la mejor. Cargaba sobre sus espaldas más de diez misiones en el espacio, lo que le había costado su matrimonio y sobre todo, el odio de su hijo Noha. No le perdonaba su ausencia y se había convertido en un activista ecológico, especialista en sabotajes a empresas industriales.

En el puerto de carga, Alejandro Batisttone junto a los mecánicos e ingenieros de vuelo, preparaban uno de los cargueros para una nueva misión.

A pesar de estar ocupado en sus tareas, el fantasma de Jeff no dejaba de atormentarlo y se reprochaba por su muerte una y otra vez.

El muchacho era muy audaz y practicaba todo tipo de deportes extremos. Amaba la adrenalina y su exceso de confianza lo había conducido a la muerte.

Para Alejandro era la primera vez que perdía un compañero. Tenía más de veinte años volando y había sufrido accidentes mucho más graves saliendo airoso.

Pero en aquella ocasión, había cometido un error de novato el dejar solo a un compañero en un lugar desconocido.

A pesar de que en la nave había mucha gente, la verdad es que la vida allí era muy solitaria. Cada tripulante tenía una pequeña habitación y se intercomunicaban a través de una pantalla. Solamente se reunían en el horario que les correspondía por trabajo o en el gimnasio. Había cierto aislamiento de las personas por una cuestión sanitaria; se debía evitar cualquier tipo de enfermedad y el escaneo corporal era prácticamente una rutina diaria. Se hacía en la misma cama donde dormían, simplemente con recostarse y oprimir un botón, un haz de luz recorría todo el cuerpo de la persona y chequeaba sus datos vitales y controlaba la función de sus órganos en tan sólo un par de minutos. Si algo andaba mal, la máquina lo reportaba a la enfermería de la nave.

Toda esta falta de catarsis de los problemas creaba ansiedades a algunos y depresión a otros. Para colmo de males, el servicio de psicólogo lo hacía un programa de computadora. Tratar de razonar con una máquina, le quitaba humanidad y lo volvía desesperante, por ello casi nadie lo usaba.

En el caso de Alejandro, la ansiedad por volver a volar y ponerse a prueba le generaba mucha más ansiedad. El Comandante Partson lo había dejado fuera de las misiones por el incidente ocurrido y él no veía la hora de reivindicarse.

Pero su suerte estaría por cambiar en menos de lo que él pensaba.

En la base la lluvia había cesado. Mirko junto con Martin observaban un mapa topográfico digital y buscaban el lugar más apropiado para comenzar los trabajos de exploración minera.

Si los cálculos de Morgan eran correctos, a unos cientos de metros y enterrados a poca profundidad, había una veta de ese material esperándolos para ser extraído.

En la enfermería Eduard recobraba la conciencia. Aún adormecido por los anestésicos, pidió que le trajeran su computadora personal ya que quería dejar registro de lo que había sucedido allí afuera. Un médico se acercó para darle la mala noticia.

—Señor Eduard, debo decirle que tuvo suerte. Perdió mucha sangre con la herida y podría haber muerto—dijo el joven médico

Una enfermera se acercó y entregó la computadora a Eduard. Este hacíaa un esfuerzo por despertarse ya que los anestésicos que le habían dado por haberle amputado la pierna, eran muy fuertes. Pero el hombre era obstinado. Se tomó con fuerza de las barandas de la cama y se sentó. De inmediato su vista se dirigió hacia su pierna herida. Al ver lo sucedido, se dejó caer hacia atrás y comenzó a llorar.

DIA 2

Comenzaba a amanecer en Pandora. Las primeras luces iluminaban el campamento y dejaban ver el desastre que había ocurrido durante la noche.

Herramientas y materiales de todo tipo y forma, estaban diseminados por todos los rincones del campamento, como si un tornado hubiera pasado por allí. El escenario era desolador y para peor, la tierra se había convertido en un lodazal a causa de la lluvia.

Mirko estaba en su habitación. Se asomó por una de las ventanas, tomó aire, giró su cabeza para ambos lados y comenzó a vestirse con el traje de protección.

La tarea que tenía por delante no era fácil. Tan sólo llevar los equipos hasta el área de excavación, sería toda una hazaña.

Cuando estuvo listo marchó hacia el comedor principal. Allí lo esperaban el Sargento Leonard, Martin y una veintena de hombres ansiosos por escucharlo y salir al terreno.

—Amigos, ¡llegó el día!—dijo en voz alta y continuó—No empezamos de la mejor manera en Pandora. Todos hemos dejado algo en la tierra:

familia, amigos o una mascota—exclamó sonriente y hubo algunas sonrisas.

—Además, creo que encontré el verdadero significado de lo que es estar lejos de casa en todo el sentido de la palabra. Quiero que sepan que he trabajado toda mi vida para este momento.

¡Allí afuera no va a ser fácil! Sobre todo por lo que sucedió durante la noche. Sin embargo, muchos aquí tuvieron días muy difíciles y juntos siempre hemos superado todos los obstáculos—exclamó en voz alta para dar coraje a quienes miraban al piso con temor y continuó—¡No cruzamos media galaxia para dejarnos intimidar por unos malditos animales! ¡Nosotros somos más que eso! ¡Somos mineros y vamos a hacer nuestro trabajo!

Mirko pudo arrancar algunas sonrisas en la sala y un tibio aplauso. Teniendo en cuenta el humor de aquel lugar, sin dudas había sido un pequeño éxito y esto lo impulsaba a seguir adelante, porque aunque tenue, seguía teniendo el apoyo de sus compañeros.

Los hombres comenzaron a alistar sus trajes, chequear el oxígeno y soporte vital, para luego comenzar a salir al patio de la base a través de una escotilla.

El Sargento Leonard también se preparaba junto con sus hombres para la nueva salida. En esta ocasión, además de su pistola portaba un cuchillo de combate, el cual era un pequeño recuerdo de su paso por el ejército francés en el que había prestado servicios por alrededor de ocho años para luego incorporarse a la seguridad espacial. Y aunque para aquel momento tenía mas de cuarenta y cinco años, gracias a su experiencia y pericia habían hecho una excepción. Este tipo de empresas siempre buscaban hombres de su perfil, sobre todo sin compromisos ya que las misiones en promedio duraban de tres a seis meses.

En una oportunidad, estuvo varado en marte por casi siete meses esperando la reparación de la nave que los traería de regreso a la tierra. Ayudó a mantener la calma a toda aquella tripulación malhumorada. Cuando surgió la misión a Pandora su nombre fue el primero en la cabeza de sus jefes.

Pero este día era muy diferente. En Marte no había nada más que rocas con hierro y cosmonautas ebrios.

Se puso de pie y colgó su mochila de un hombro. Los guardias lo miraban con preocupación. Conocían a su jefe y sabían que si se equipaba con todo lo que tenía, seguramente la salida no sería un paseo.

—Sargento, se ve que está preocupado—dijo Martin mientras señalaba el cuchillo.

—Si unas de esas bestias me hacen lo que le hicieron a Eduard se llevara una sorpresa— respondió con serenidad.

—Tal vez tengamos suerte y con la luz del día no se acerquen—respondió Martin tratando de transmitir algo de confianza.

—Yo estaba cerca de Eduard y ese animal que lo atacó, haría orinar en los pantalones a cualquiera.

—¡Vamos, Sargento, yo sé que usted puede lidiar con ello!—exclamó Martin dándole aliento

El Sargento sólo hizo una mueca y movió su cabeza a ambos lados. La imagen de las fauces filosas de esos animales le provocaba un nudo en el estómago.

Mirko Sedoff irrumpió en el lugar. Con su metro noventa de estatura y su traje de minero naranja, lucía más que intimidante.

—Ya estamos listos, Sargento, cuando usted disponga—dijo Mirko con confianza.

Hacía algo más de un año que no estaba en un campo de trabajo con sus compañeros y la ansiedad había hecho que no chequeara su tanque de oxígeno. Como Martin que era un detallista insoportable, observó el manómetro de su compañero.

—¿Esta muy apurado, Sedoff?—dijo Martin cruzándose de brazos.

—Hoy es el gran día, señor Morgan, y no quiero perder más tiempo—respondió con firmeza.

Martin se mordió los labios y comenzó a reír. Leonard, aún tenso, lo miró a Mirko sin entender qué estaba pasando. Pero su humor no estaba para bromas.

—¡Suficiente, Ingeniero! Dígame qué diablos sucede y larguémonos de aquí.—respondió Mirko subiendo su tono de voz.

—¡Sucede que usted en veinte minutos va a estar muerto!—dijo Martin mientras tomaba el manómetro que colgaba del traje de Mirko y se lo mostraba. El hombre al verlo se lo arrebató de la mano y fue por un nuevo tanque.

Desde el cielo descendía una nave de transporte. En ella la Doctora Rose junto a un pequeño grupo de científicos, se preparaban para el aterrizaje.

La experta había dividido a su equipo en dos: una parte iría con ella para hacer una preselección de las muestras y el resto permanecería en la nave principal donde funcionaba el laboratorio.

El transporte tocó tierra y de inmediato comenzaron a bajar la carga.

Rose caminó junto a sus dos asistentes hacia el interior de la base y se presentó formalmente a los hombres.

Por supuesto que en la nave principal ya se habían visto todos, pero la forma de trabajo de la Doctora y las pautas de aislamiento, la hacían casi una desconocida para los demás hombres.

—Sargento Leonard, Rose Fletcher—dijo extendiendo su mano.

—Un placer, Doctora. El módulo D5 es el que tiene designado para usted y el D6 para sus hombres. Pónganse cómodos —respondió el Sargento, el cual si conocía a la Doctora y su forma de trabajo.

—¿Van a alguna parte, Sargento?

—Un grupo de hombres va a colocar la antena de comunicaciones en el techo y nosotros acompañaremos al equipo de Mirko con su operación minera.

—Salen al campo, ¡excelente! Sólo denos algunos minutos y vamos con ustedes—respondió la Doctora con una sonrisa. Sabía que la idea no le agradaba al Sargento, pero eso de alguna forma la divertía.

Los hombres de Mirko pusieron en marcha los vehículos y comenzaron a cargar en ellos todo tipo de herramientas. En un tráiler subieron una excavadora, martillos neumáticos y hasta un generador eléctrico. Martin subió a uno de los transportes y con su ordenador activó un dron, el cual los seguiría durante todo el trayecto para mostrarles el camino.

La Doctora se hizo lugar junto a él mientras que sus asistentes los esperarían en el campamento. Les había dado la orden de que tuvieran el módulo listo para cuando regresara con las primeras muestras.

Por la radio del trasporte, la voz de Mirko avisaba que todo estaba listo.

Rugieron los motores y el convoy comenzó su marcha lentamente. El suelo aún era un lodazal por lo que abrirse paso era difícil.

El Sargento Leonard quien estaba junto a Mirko, probó con éxito un radio que los comunicaría con la base.

—Esperemos que hoy puedan instalar la antena principal—dijo Leonard mientras guardaba el radio y continuó—Tengo que trasmitir mi bitácora al Comandante Partson cuando regresemos. Debe estar ansioso por tener noticias.

Mirko le pasó una taza con café y se paró junto al asiento del conductor para poder ver el camino.

Unas gotas de lluvia golpearon el parabrisas y de un instante a otro comenzó a llover torrencialmente.

—¡Otra vez! ¡Qué porquería!—exclamó Mirko fastidioso.

Tomó el radio y se comunicó con la base para averiguar cómo seguiría el clima. Le informaron que aún no habían podido instalar la estación meteorológica, aunque sí la antena principal.

Eso le dio algo de tranquilidad. El convoy siguió su marcha lenta pero firme hacia la base de la colina.

Luego de un rato cruzaron un pequeño arroyo con algo de dificultad. El lugar era muy bajo y con la intensa lluvia comenzaba a inundarse.

—¡Jefe, nos atascamos!—se escuchó por los parlantes del vehículo. Era Shuan, uno de los miembros del equipo de Mirko.

El ultimo vehículo era el más pesado ya que traía el tráiler con la retro excavadora. Este se había encajado en el medio del arroyo y de a poco el nivel del agua comenzaba a subir.

El conductor exigía al motor, pero no podía arrastrar al tráiler. Las ruedas patinaban en el fango y se enterraba cada vez más.

Mirko salto del vehículo y fue a toda prisa hacia el lugar. El Sargento dudó un poco por la lluvia torrencial, pero lo acompañó de igual manera.

Al llegar le indicó con las manos al conductor que apagara el motor y se acercó a la cabina.

—¡Shuan, necesitamos una pala y a los hombres!—dijo Mirko por el intercomunicador.

El muchacho inmediatamente habló en chino y varios hombres descendieron del camión para buscar herramientas en el vehículo que estaba justo delante de ellos. Quitaron una lona mojada y sacaron picos y palas.

El Sargento Leonard fue hasta la costa del arroyo con su pistola en mano. Echó un vistazo a los alrededores, ya que a pesar de la lluvia, no descartaba otro ataque como el que habían sufrido la noche anterior. Además, tenía un extraño presentimiento, como si alguien los estuviera observando.

Llamó por radio a los demás guardias para que bajaran de los vehículos y cuidaran a los hombres mientras hacían su trabajo.

La situación parecía complicada pero no era ningún reto para Mirko y su equipo. Se habían empantanado decenas de veces y los hombres sabían perfectamente qué hacer. Cavaron por delante y por detrás de las ruedas. Delante de ellas hicieron un camino con piedras y madera. Con una cadena engancharon el vehículo delantero y luego ambos camiones comenzaron a jalar el tráiler, el cual lentamente comenzó a salir del arroyo.

El instinto de Leonard no le había fallado. En la selvática colina que estaba frente a ellos, Akum, guerrero del clan de los Janak, observaba como los hombres se esforzaban por quitar los vehículos del lodazal. Subido a un árbol muy frondoso, dominaba todo el valle en busca de los Akina exploradores del clan rival, que en esta época del año incursionaban sus tierras en busca de frutos, huevos y plantas.

Los Akina habían sido hermanos por cientos de años con los Janak. Pero un día uno de los hijos de

Akina envenenó a la princesa Yanom, única heredera al trono del reino Janak, lo que originó una guerra que duro años hasta que los Akina, al ver que les sería imposible ganar, huyeron hacia las montañas más altas. En cierta época del año, se hacía muy difícil obtener alimentos y éstos enviaban pequeños escuadrones de guerreros a hurtar en los territorios de los Janak. Era algo que se repetía cíclicamente desde hacia más de doscientos años.

Akum era un gran centinela y poseía un cuerpo formidable. Medía más de tres metros, delgado y musculoso. Era muy hábil para trepar árboles, veloz para correr y gozaba de una puntería excepcional con el arco Janak.

Los días lluviosos eran los más propicios para las incursiones de los Akina, pues la mayoría de los árboles dejaban caer sus frutos al suelo y la recolección de éstos era mucho mas fácil y rápida. Los Akina sabían que si los atrapaban, jamás volverían a la tribu y serian esclavos de los Janak.

Pero esa mañana, a Akum no le preocupaba el clan rival sino los extraños seres visitantes que se abrían paso hacia la colina.

Sus compañeros estaban dispersos a lo largo de la cadena de montañas y se concentraban en un valle a unos kilómetros. Los Akina estaban interesados especialmente en unos árboles cuyas nueces eran muy nutritivas y sanadoras. Dicho árbol era muy escaso en la selva, pero allí había una pequeña concentración de ellos y cada vez que podían, llegaban en cantidad y saqueaban rápidamente todos los árboles.

Para los Janak el control de este lugar de la selva era lejano y sobre todo peligroso. El clan rival no respetaba la ley de hermandad universal y asesinaban a los Janak si encontraban a algún centinela desprevenido.

Akum conocía cada árbol de esa montaña y sabía donde se apostaban sus compañeros. Aguardó por un buen rato hasta que el convoy se detuvo frente a una pared de roca, saltó del árbol y comenzó a correr por el suelo de la jungla para dar aviso a sus compañeros.

Martin Morgan bajó del camión y fue con Sedoff. Le mostró la pantalla de su scanner muy de prisa.

—Aquí es el lugar exacto. Hay una hermosa veta y está a poca profundidad—dijo entusiasmado y con una sonrisa.

Mirko le golpeó el casco dos veces y sonrió. Le informó a Shuan y nuevamente el equipo de operarios chinos se puso a trabajar.

El lugar era prometedor. Todos estaban sonrientes y había mucho dialogo a través de los intercomunicadores, pero al Sargento Leonard no le interesaban las charlas sobre rocas y minería. El sólo estaba muy concentrado en busca de posibles amenazas. Apagó su intercomunicador para estar atento al sonido del ambiente y se alejó unos cuantos metros del campamento.

Uno de los guardias se acercó ya que no podía comunicarse y le pidió instrucciones. Este le respondió con señas que guardara silencio y que formaran un perímetro al rededor del campamento. El hombre comprendido las instrucciones y se alejó rápidamente.

La Doctora Rose junto a su asistente y dos hombres enviados por Partson, se reunieron frente a uno de los vehículos para preparar sus equipos. En unos minutos cargaron sus mochilas y comenzaron a avanzar hacia un costado de la ladera.

Uno de los hombres del Sargento avisó por radio a Leonard pero fue en vano. Su jefe aún tenía apagado el intercomunicador.

—¡Muchachos, tranquilos! ¡Esta incursión está autorizada por el comandante y no tardaremos mucho!—dijo Rose volteando hacia los vehículos y agitando su brazo derecho.

Un guardia asintió con su cabeza y la Doctora continuó su marcha.

Los cuatro comenzaron a subir la colina muy despacio. Cada tanto la Doctora se detenía a juntar algún tipo de muestra orgánica. La variedad de plantas era asombrosa y también la cantidad de insectos. Paradójicamente se parecían bastante a los de la tierra pero eran mucho más grandes. Nada escapaba a las pinzas de la Doctora. No dejaba de llenar frascos y se los pasaba a uno de sus asistentes para que los guardara.

En el campamento descendían la excavadora mientras un martillo neumático comenzaba a trabajar en la roca del suelo. El sonido era muy fuerte y el valle formaba un anfiteatro natural. Los animales comenzaron a hacer todo tipo de gritos y chillidos.

Desde uno de los árboles dos enormes pájaros sin plumas tomaron vuelo y cruzaron el campamento.

Leonard levantó la cabeza y al verlos encendió su intercomunicador.

—¡Muchachos, se acabó la fiesta!—dijo con una voz nerviosa.

Uno de los operarios chinos los vio y dejó caer su martillo neumático. Corrió hacia donde se encontraba Shuan para avisarle a los gritos. El capataz levantó la vista y vio los enormes animales colgarse de las ramas de un árbol como si fueran murciélagos.

Mirko que estaba con ellos, tomó una roca del suelo y la arrojó hacia los animales pero no se inmutaron.

—Parece que va a tener que hacer algo mejor si quiere espantarlos—dijo Martin y luego largó una carcajada nerviosa.

—¡Sargento, espante a esos Batman, por favor!—pidió Mirko a viva voz por el intercomunicador.

Leonard se acercó e hizo dos disparos al aire. Su compañero que estaba más cerca también disparó, pero nada sucedió. Parecía que las aves estaban petrificadas.

—Se quedaron dormidos al parecer, Ingeniero. Sigan trabajando, no le quitaremos la vista de encima—afirmó el Sargento con seguridad.

Leonard quería llevar algo de tranquilidad a los hombres porque él sabía que cuanto antes terminaran de extraer las muestras, antes regresarían a la base. Este era un trabajo de exploración y sólo llevaría algunas horas más. Al menos eso era lo que Mirko le había dicho en la reunión que habían tenido.

Dentro de la selva, la Doctora Rose llevada por su afán de conseguir más muestras, había conducido a su grupo hacia un lugar peligroso. Era tierra de los Tonat, animales muy agresivos y territoriales, similares a un jabalí terrestre pero del tamaño de un oso. Tenían grandes garras las cuales utilizaban para cavar sus madrigueras y se alimentaban de raíces de los árboles. Eran animales muy veloces y los Janak y los Akina, los conocían y respetaban por ello. Siempre que podían utilizaban los árboles para trasladarse por la jungla y así evitarlos.

Ese no era el caso de la expedición de Rose, quienes se adentraban más y más en su territorio.

Caminando por el sendero de montaña, un tronco de más de dos metros de diámetro estaba tumbado y les impedía el paso.

—Vamos a rodearlo, muchachos—dijo Rose confiada. Uno de los extremos del tronco daba hacia un precipicio y el otro se incrustaba en una roca.

—Doctora, ya es suficiente. Tenemos que volver al campamento—exclamó uno de los guardias.

—Sólo me faltan tomar un par de muestras más. Yo invito las cervezas. Vamos, acompáñenme sólo un poco más—exclamó Rose dando ánimo a los muchachos.

Uno de sus asistentes trepó por la raíz el árbol y logró subir sin dificultad. Para su desgracia, no supo que del otro lado se encontraba la guarida de un Tonat. La bestia los había escuchado y en dos saltos estaba arriba del tronco. Empezó a gruñir como un perro que está a punto de morder.

Todos estaban paralizados del miedo. El muchacho retrocedió un paso y la bestia avanzó hacia él.

—¡No te muevas!—dijo Rose asustada.

Uno de los guardias quiso sacar su pistola, pero sus manos temblaban tanto por el miedo que se le patinó y cayó sobre una piedra. La bestia volvió sobre sus pasos y se arrojó desde el tronco sobre el muchacho.

Ya sobre él, con las garras de sus patas delanteras empezó a escarbar en su pecho y a desgarrar su cuerpo. Los gritos de dolor eran desesperantes y mientras el otro guardia observaba sin reacción, la Doctora Rose le quitó el arma de la cintura y empezó a disparar a la bestia.

Parecía que las balas no hacían ningún efecto. El animal parecía implacable hasta que un proyectil dio en su cabeza y la bestia se desplomó sobre el cuerpo del hombre.

Su compañero intentó quitar la bestia que estaba sobre el hombre muerto pero era imposible. El animal era muy pesado.

—Ya déjalo. Está muerto y no podemos hacer más—dijo Rose tomando su hombro.

—Esto es su culpa. No tendríamos que habernos alejado tanto del campamento—exclamó el joven quitando la mano de Rose que estaba sobre él.

Un extraño aullido muy agudo se escuchó no muy lejos de allí y otros animales los replicaron como contestando a lo que parecía una amenaza.

Había mucha diversidad de animales, pero al parecer todos eran buenos ocultándose. Tal vez en su mayoría depredadores, pensaba la doctora Rose. Estaba fascinada con el lugar, pero a la vez, una angustia oprimía su pecho por lo sucedido.

—¡Yo me largo!—dijo el guardia, quien al escuchar los sonidos no pensó en la biología ni nada de eso. Solamente en tratar de salvar su vida. John Blanch era un novato recientemente salido de la academia espacial. No tenía mucha experiencia en el campo pero sus calificaciones e intuición lo habían hecho ganar un lugar en la misión. Para el Comandante Partson era uno de sus niños mimados y no estaba de acuerdo con que participara de esta exploración. Sin embargo, el muchacho había insistido tanto que logró convencer a Partson a último momento.

El asistente que aún estaba trepado al tronco bajó de un salto, arrojó su mochila al suelo y a pasos apurados, comenzó a seguir al guardia. Rose apretó su puño por la impotencia, pero debido a las circunstancias, no tuvo otra opción que tomar la mochila de su compañero. Junto al otro asistente comenzaron a marchar de regreso al campamento.

Rose apuró el paso y alcanzó a Blanch en unos minutos. El joven se volteó para verla; aún estaba furioso por lo sucedido y no pudo contenerse.

—Si hubiera sabido que ésto era un safari, traíamos los rifles como mínimo. Usted nos dijo que sólo tomaríamos unas muestras. Ahora mi compañero está muerto y es su culpa. Es una imprudente.

Rose estaba bloqueada y no emitía palabra alguna. Sabía que la ira del muchacho tenía sus fundamentos, pero lo que realmente le preocupaba, era que iba a tener que dar explicaciones al Comandante en cuanto pusiera un pie en la base.

En el campamento principal Eduard despertaba nuevamente. Una enfermera le alcanzó una pequeña bandeja con un vaso de agua y unas pastillas.

—Necesito comunicarme con la nave principal, por favor—dijo amablemente y con un tono cansado. La enfermera asintió y en silencio se marchó.

Unos minutos más tarde le alcanzó una computadora portátil.

—Señor Eduard, debe descansar. No se preocupe por nada. El Comandante Partson está al tanto de todo lo sucedido y nos pidió que lo dejáramos descansar el tiempo que sea necesario.

—Le agradezco, pero yo soy el que tiene que rendir cuentas a la corporación. Ahora déjeme solo, por favor—dijo Eduard, quien a pesar de las heridas, de a poco volvía a ser el mismo.

Dentro de su ordenador había muchos manuales de procedimientos para todo tipo de situaciones. Ya que él no podría comunicarse con la tierra, en caso de una contingencia tendría que seguir el protocolo establecido para cada situación en particular. Luego de hurgar un rato encontró un archivo que decía Protocolo para amenazas no humanas.

En el puesto de avanzada, Mirko comenzaba a usar la excavadora. Los operarios ya habían rasgado suficientemente la roca de la superficie y ahora era el turno de la maquinaria pesada para remover todo el material. Si bien esta tarea la podía realizar un simple obrero, Mirko amaba esas máquinas. Le recordaban su infancia puesto que su padre tenía una empresa de demoliciones y desde muy pequeño osaba subirse a esos monstruos que eran su pasión.

Movió la palanca hacia adelante y el brazo de la excavadora se incrustó en el suelo. La pala giró y recogió rocas y tierra. Cuando lo hizo por segunda vez sucedió algo increíble. Las rocas que estaban en el fondo del pozo comenzaron a flotar. Se elevaban lentamente como si la gravedad no existiera. Era algo difícil de comprender, como si tuvieran vida propia.

Lo habían logrado. Cinco años de preparación y billones de dólares al fin habían dado sus frutos.

Martin se acercó cautelosamente hasta la boca del pozo y tímidamente tomó una de las pequeñas rocas que flotaba libremente. Había estado pensando qué decir durante la mañana y exclamó a viva voz.

—¡Lo logramos! ¡Hoy es el día que entramos en la historia grande de la humanidad! El triunfo es de todos y debemos estar muy orgullosos. Cada uno con su tarea aportó al éxito de esta misión.

Los hombres de abrazaban y se felicitaban unos a otros. Hasta el Sargento Leonard dejó por un momento de vigilar y fue a festejar con sus compañeros. La vuelta a casa estaba más cerca. Recordó el aroma a café expreso de París que lo llenaba de nostalgia. Pero a la vez, sintió esperanza de poder volver a disfrutar de un desayuno al aire libre, en las mañanas frescas y soleadas de la gran metrópolis europea.

No muy lejos de allí, Akum se reunía con una docena de guerreros y a paso veloz marchaban hacia el campamento. En su camino encontraron una planta cuya flor tenía un veneno muy potente y mataba a cualquier animal en segundos. Con mucho cuidado empavonaron las puntas de sus flechas y siguieron avanzando.

Raman, amigo de Akum, un guerrero joven de porte pequeño y algo asustadizo, trataba de seguir el paso de su líder. Estaba a prueba como centinela. Este era su primer año y hacía lo imposible por ganarse un lugar con ellos.

Los centinelas gozaban del máximo respeto en su sociedad y tenían derecho a voz en el Consejo del líder compuesto por los ancianos, los mejores centinelas y el líder del clan.

Para el joven Raman probarse ante sus pares lo afianzaría como centinela, acercaría al Consejo y sobre todo, a una de las hijas del líder a la cual estaba prohibido hablarle ya que él era de una condición inferior.

Si en esta tarea lograba ser sobresaliente, seguramente ella o su padre se acercarían a él. Raman era astuto, ambicioso y encontraría la forma de lograr su cometido.

Akum detuvo la marcha de sus compañeros y subió hasta lo más alto de un árbol. Por delante de ellos había un peñasco abrupto. En la altura del árbol, Akum podía ver casi todo el valle y allí abajo estaba el campamento de esos seres extraños y sus máquinas.

Nunca había visto nada igual. Los camiones y las excavadoras se presentaban ante él cómo animales metálicos. Era algo incomprensible para estos humanoides, que aunque eran altos y fuertes, vivían en una forma muy primitiva. En comparación con la humanidad, ésta estaba miles de años más evolucionada que ellos.

Raman y otro centinela no aguantaron la curiosidad y treparon hasta donde estaba Akum. —Debemos irnos ahora y avisar al líder—dijo Raman asustado. Sus ojos no comprendían lo que estaba viendo.

Con mucha seriedad, Akum le pidió que bajara del árbol y luego exclamó.

—Si no estás listo para ser un centinela, vuelve con los recolectores. Nosotros vamos a averiguar qué es lo que están haciendo en nuestra tierra.

El otro guerrero tomó del brazo a Raman y lo arrojó al piso. Luego bajó y esperó a que Akum descendiera del árbol.

Este comenzó a bajar saltando de una rama en otra con una agilidad digna del mejor acróbata. En uno de sus saltos y a través del follaje vio a la doctora Rose.

Sus compañeros murmuraban y Akum les pidió silencio. Se agachó y en el suelo comenzó a dibujar. Raman herido en su orgullo le dio la espalda, pero el resto de los centinelas escuchaban con atención el plan de Akum.

En el campamento Martin clasificaba el mineral extraído por tamaño. Las extrañas rocas eran pequeñas, no mas grandes que un melón. Las depositaba en una jaula la cual estaba soldada al transporte para que no se volara. Sonreía cada vez que guardaba una. La piedra en lugar de caer, subía al techo del cubículo como si estuviera viva. Era algo extraño, pero a la vez gracioso.

Mirko se acercó a él para hablarle. Estaba extremadamente feliz por el éxito conseguido.

—¡En unos meses voy a estar en una playa cubana, tomando margaritas mientras me hace masajes una pechugona!—dijo con una sonrisa digna de un niño explorador y continuó—Son ilimitados los usos que se le puede dar a estas rocas. Esto va a valer por lo menos diez veces más que el oro. Imagínate que todo puede volverse más liviano, cualquier cosa podría pesar como una pluma.

El Ingeniero golpeó el casco de Martin y largó una carcajada.

Dentro de la jungla, John avanzaba a paso firme para regresar al campamento esquivando árboles y matas. A pocos metros de ellos y rodeándolos por ambos lados, los centinelas Janak seguían sus pasos con cautela.

Avanzaron unos cuantos metros más hasta que un grito de dolor hizo que todos se detuvieran.

La Doctora Rose se había doblado un tobillo al pisar en un pozo y empezó a maldecir como ebrio en un bar. Agotada, sedienta y magullada, no estaba de humor en lo absoluto. Se acercó cojeando hasta un árbol, apoyó su mano en él y levantó la pierna para revisar su tobillo.

En ese mismo momento, Raman alzó su arco y le apuntó. Akum le hacía señas desesperadamente para que no atacara, pero el joven herido en su orgullo y con sed de venganza, lanzó su flecha envenenada. Esta atravesó a toda velocidad unos treinta metros. La Doctora agachó su cabeza para ver nuevamente su pie y la flecha se clavó en el árbol, a pocos centímetros de su hombro.

El impacto hizo mucho estruendo. La flecha tenía casi dos metros de largo. Era como un taco de pool y en el extremo opuesto, tenía plumas violáceas y amarillas.

Rose al ver lo sucedido se mantuvo abajo y sus compañeros la imitaron de inmediato. John tomó su pistola y luego cuerpo a tierra se acercó hasta Rose y le dijo

—Doctora, ¿puede correr? Tenemos que llegar al campamento cuanto antes. Voy a intentar comunicarme con Leonard y luego nos largamos.

Rose asintió con la cabeza. Sacó de un bolsillo de su mochila una pequeña jeringa y se la inyectó en la pierna.

—Sólo deme dos minutos que la morfina haga efecto y nos vamos.

John encendió el radio de su casco e intentó varias veces comunicarse, pero lo único que escuchaba en el retorno de su auricular era interferencia. Ya era sabido que por las anomalías magnéticas la comunicación sería un problema y lo fue.

—¡Nada! ¡Maldita mierda, justo ahora no funciona!—blasfemó el guardia.

Akum se acercó sigilosamente hasta donde estaba Raman y lo tomó por sorpresa. Estaba por disparar de nuevo pero el experimentado guerrero, le arrebató el arco con un certero movimiento. Lo sorprendió tanto que el joven gruñó y empujó a Akum con impotencia.

—Estamos observando. No sabemos nada de ellos así que ¡no vuelvas a desobedecerme!—exclamó Akum y arrojó a su compañero al piso.

—¡No vuelvas a tocarme! ¡Creí que estábamos para defender nuestra tierra! ¡Eres un cobarde!—respondió Raman mientras se marchaba.

El guerrero lo ignoró. Sabía de su temperamento errático y falta de madurez. Akum continuó observando, fascinado con estos seres.

Su casco, vestimenta y sus herramientas lo cautivaban. Si podía atrapar con vida a uno de ellos seguramente averiguaría de dónde eran y sobre todo, que hacían en sus tierras.

Pasaron unos minutos. La selva estaba en calma. Un extraño silencio se apoderó del lugar. Luego se escuchó un alarido muy fuerte desde arriba de uno de los árboles y el pánico de desató nuevamente. Rose pisó fuerte con su pierna maltrecha y al ver que la morfina había hecho su efecto, tomó una bocanada de aire y comenzó a correr en dirección al campamento.

John y los asistentes no le perdieron el paso y pronto encontraron el sendero que bajaba la colina.

En el campamento, Leonard quien también había escuchado el fuerte alarido, llamó a sus hombres y se dirigieron al sendero cuesta arriba.

A unos cien metros pudo ver que algo se movía entre las matas. Tomó su pistola y apuntó hacia el lugar, pero unos instantes mas tarde vio que era la silueta de una mujer. Rose y detrás de ella John y los asistentes, corrían a toda prisa escapando del peligro. El extraño alarido se escuchó y desde la copa de un árbol, un pájaro gigante similar a un pterodáctilo alzó vuelo. Su pico era filoso y aterrador. Tenía garras como un águila. Se lanzó en picada hacia uno de los hombres de Rose.

El Sargento Leonard abrió fuego contra el ave pero estaba lejos y no lograba atinarle. Quiso acercarse más para aumentar su puntería pero sus piernas no le respondían. Estaba aterrado con lo que tenía en frente. Esta ave monstruosa comenzó a dar picotazos hasta que mató al hombre. Era Kane, un asistente de Rose. John, tendido en el suelo y a cubierto detrás de una roca, también comenzó a disparar. Al parecer atinó y el ave desistió del ataque. Con su pico cubierto de sangre levantó vuelo hacia la montaña.

Aterrada, Rose se acercó con cautela hasta donde yacía el cuerpo sin vida de su compañero. Sin quitar la vista de la montaña, tomó la mochila con las muestras y retrocedió sobre sus pasos.

—¡Maldita! ¡Es lo único que le importa!—gritó John por la radio.

La doctora no le dio importancia y a paso firme se dirigió hacia los vehículos. Los hombres de Leonard cargaron el cuerpo de Kane y lo bajaron de la cuesta. En el campamento los obreros estaban dentro de los camiones. Habían visto todo y no dejaban de increpar a Shuan para que Mirko los hiciera volver a la base.

Martin Morgan no entendía una sola palabra de lo que decían los chinos, pero sabía perfectamente cuales eran sus intenciones. Los hombres estaban asustados y querían marcharse cuanto antes.

—Mirko, ¡revisemos la bodega!—irrumpió Martin por el transmisor. Luego bajó del camión y tomó una palanca de hierro para usar como protección. Seguramente le serviría de muy poco.

El ruso lo acompañó con un mazo de gran tamaño. Ambos hombres caminaron hasta el final del convoy donde estaba la jaula con el material recogido.

—No falta mucho. En un par de horas más lo podemos lograr—dijo Martin mientras movía las rocas dentro de la jaula.

Shuan los había visto bajar del vehículo y se reunió junto a ellos. Quería convencer a toda costa a Mirko para que regresaran y no sólo era por el miedo de sus compatriotas. El también estaba muy asustado.

—Ingeniero, los hombres no van a volver a trabajar, están muy asustados—exclamó Shuan con voz agitada. No había notado que su tanque de oxígeno se había agotado. Cuando se percató de la falta de aire, regresó al camión.

Mirko bajó el mazo y lo dejó caer en la tierra. Movió su cabeza por la frustración y le dio un duro puñetazo a la jaula.

—¡Estamos acabados, animales de mierda!

John quien estaba en la misma frecuencia de radio, escuchó la breve conversación y sin pensarlo demasiado dijo —Yo no me preocuparía tanto de los animales. Tenemos problemas más graves, jefe.

—¿De qué carajos estás hablando? ¿qué hay ahí arriba?—respondió exaltado Martin. Se había mantenido al margen de la charla, pero ya estaba perdiendo la paciencia.

—Nativos, señor. Nativos hostiles nos atacaron cuando regresábamos. Luego apareció ese monstruo volador y de seguro los ahuyentó.

Los problemas se estaban multiplicando minuto a minuto. Martin sabía que si no actuaba pronto tendría un motín en el campamento y ésto acabaría con la misión.

Levantó ambas manos como pidiendo un minuto, tomó aire para conseguir calmarse y luego preguntó

—¿Con qué los atacaron? ¿los vieron?.

John seguía agitado. Cambió su tanque de oxígeno y respondió.

—Con flechas, pero eran enormes. Una se incrustó en un árbol y casi le arranca la cabeza a la Doctora. Esa mujer es una psicópata.

Tanto Mirko como Martin tomaron nota de lo sucedido. El panorama con la aparición de nativos cambiaba el juego por completo.

Además, si estos seres podían sobrevivir en esa jungla repleta de animales infernales, seguramente ellos lo eran más.

Martin tomó un anotador de su bolsillo y escribió bien grande NI UNA PALABRA A SHUAN. SEGUIMOS ADELANTE.

Era sabido que si los operarios conocían de estos peligros, no habría ninguna chance de que se siguiera con la operación de extracción de material. Mantener ésto en secreto sería crucial para Mirko y su equipo.

El Ingeniero ruso trepó nuevamente a la excavadora como si nada hubiese sucedido. John estaba desconcertado. Parecía que sus palabras habían tenido el efecto contrario a lo que pretendía. Pero órdenes eran órdenes y no quería iniciar una rebelión para luego tener que dar explicaciones a Parson. Esto era responsabilidad de Sedoff y Morgan. Ellos cargarían con las culpas.

John se puso de pie y marchó a poner en aviso al Sargento. Al escuchar lo ocurrido, no salía de su asombro; sin embargo no perdió tiempo en discusiones estériles y puso en marcha un plan para tratar de proteger el campamento con los pocos recursos que contaba.

Al parecer todos estaban de acuerdo en algo: cuanto antes terminaran su tarea, más rápido volverían a la base.

Dentro de la densa jungla, Akum y sus centinelas treparon el risco y se colocaron cuerpo a tierra sobre la saliente de la ladera. Era un precipicio de unos noventa metros y allí abajo estaban los vehículos y la excavadora. La visión era perfecta.

Martin irrumpió en el camión donde estaba Shuan y pidió que lo acompañara. Ambos hombres comenzaron a trabajar junto a Mirko y luego de unos cuantos minutos los operarios chinos volvieron al trabajo. Shuan increpó a los obreros para que tuvieran prisa.

Mirko miró su reloj y comprobó que el tiempo había volado. En sólo unas horas se haría de noche. No quería quedarse allí ni tampoco tener que regresar luego. La excavadora rugía y desgarraba el suelo. El ingeniero trabajaba a toda velocidad volcando material. Algunas rocas salían volando y golpeaban los vehículos. Todos se apresuraban para tomarlas y meterlas en la jaula.

En la base, un carguero descendía. El Comandante Partson había decidido dejar la comodidad de la nave principal para hacer una visita de campo.

Caminó hacia el módulo de enfermería. Allí estaba Eduard aún convaleciente por las heridas. Dormía entre quejidos. Un hombre le acercó una taza de café al comandante quien lo contemplaba desde un rincón en silencio.

George sentía en su interior una mezcla de angustia y culpa al ver la pierna amputada del hombre. Bebió un sorbo del café y llamó al doctor a cargo. Preguntó si era factible su traslado a la nave principal y al obtener una respuesta afirmativa, comenzaron a preparar lo necesario para el traslado del hombre.

Desde el carguero, varios hombres descendieron un helicóptero que serviría de apoyo a las operaciones en tierra. Alejandro Batisttone era el piloto designado para esta tarea. El Comandante Partson sabía que lo ocurrido con Jeff había sido un accidente trágico pero seguía confiando en el Teniente Batisttone.

Partson salió del módulo y fue a su encuentro. Quería asegurarse que su piloto se encontraba bien y le dijo.

—¿Cómo lo ve? ¿alguna sugerencia?—Alejandro era muy observador y le pidió al Comandante que lo acompañara a recorrer el lugar. Ambos hombres echaron un vistazo por toda la base y luego le respondió.

—Podríamos construir una torre de vigilancia con esos árboles. De donde yo vengo le llamaban mangrullo.

Alejandro había vivido en Buenos Aires toda su infancia y parte de su adolescencia antes de emigrar a Estados Unidos donde hizo su carrera. Partson tomó nota de lo dicho por el piloto. De momento no podrían construirlo pero cuando el equipo de Mirko regresara, tendrían las herramientas necesarias. El Comandante miró su reloj. Aún quedaban algunas horas antes de que oscureciera y pensó en visitar el campamento de los mineros. Continuaron caminando juntos de regreso y vio a un hombre que se acercaba corriendo hacia él. Un soldado llegó y de inmediato le alcanzó el transmisor.

—Es la doctora Rose, señor, parece algo asustada—expresó el mensajero agitado.

—Doctora, ¿qué tal su safari? ¿ le gustó?— preguntó Partson con algo de ironía. Pero no era un buen momento para bromas. Rose ignoró su comentario y le informó rápidamente de lo que estaba sucediendo. Inclusive de la muerte de uno de sus guardias. La sonrisa que tenía George en el rostro se fue desdibujando. Entregó el transmisor al soldado y dijo.

—Preparen el Helicóptero. Partimos en quince minutos.

En la ladera de la montaña, Akum observaba el atardecer como gran conocedor de la naturaleza, lo cual era fundamental para la supervivencia en la jungla. Sabía que no quedaba mucho tiempo de luz y preparó a sus hombres para el ataque.

Se dividieron en dos grupos y comenzaron a bajar lentamente por ambos lados del risco. Lo hacían agazapados y con gran agilidad. Los centinelas eran magníficos atletas; algunos estaban armados con arcos y otros con largas lanzas. Akum pensaba en sorprenderlos al anochecer y poder capturar con vida a la Doctora. Le había prestado particular atención a ella ya que era la que recogía plantas e insectos. Además parecía ser la líder.

John subió al camión donde estaba la Doctora y la miró con desprecio. Rose siguió con sus tareas y sin mirarlo a la cara dijo.

—El Comandante está al tanto de todo, inclusive lo de su compañero. Pero si lo desea puede hacer su descargo.

—¡Eso no cambia en absoluto lo que pienso de usted!—respondió con indiferencia. Tomó su mochila donde tenía algunas municiones y regresó con el Sargento. El plan de Leonard consistía en apostar los hombres a unos treinta metros del campamento haciendo un semi circulo. El sabía que el ataque provendría de la montaña, pero lamentablemente no sabía lo veloces y enormes que eran estos humanoides. En promedio medían más de tres metros. Tenían gran elasticidad y un instinto de supervivencia asombroso.

El sol se empezaba a ocultar detrás de la montaña. Los operarios trabajaban de manera frenética recogiendo las rocas. Parecía que cazaban mariposas.

Martin se acercó hasta la excavadora y le hizo señas a Mirko para que se detuviera.

—¿Qué sucede? ¿ tenemos más problemas?— respondió Mirko por el intercomunicador.

Martin levantó su pulgar para demostrar que todo marchaba bien. El Ingeniero pegó un salto y bajó de la máquina.

—Vamos a ver la jaula, Martin—dijo alentando a su compañero.

Ambos caminaron hasta el lugar. Dos operarios aguardaban su turno para guardar las rocas mientras un tercero con una barra de metal, hacía lugar dentro de la jaula para que entraran más. Pero algo parecía extraño. Mirko corrió a los obreros para abrirse paso. Llegó hasta el lugar y comenzó a reír como un loco. La jaula levitaba. Lo único que impedía que saliera volando eran unas cadenas enganchadas al chasis del camión.

—¡El caribe está más cerca!—gritó con alegría Mirko, mientras bailaba solo y tarareaba una canción en español.

Martin no pudo evitar reírse al ver a su compañero bailar y le dijo.

—¡Tenes demencia espacial! ¡te van a encerrar en la jaula también!

Un sonido familiar se comenzó a escuchar desde el cielo; era el helicóptero de Partson que se aproximaba al campamento. La máquina se posó a pocos metros de los camiones. Los hombres descendieron y fueron al encuentro de los mineros.

Alejandro volvió sobre sus pasos y se quedó aguardando cerca del helicóptero. Partson en el corto trayecto que habían realizado juntos hasta el campamento, lo había puesto al tanto de todo. Ese asunto de los nativos, si bien no lo asustaba lo incomodaba bastante, por ello prefirió mantenerse cerca de la nave y estar atento a despegar rápidamente por cualquier imprevisto.

—Impresionante. Qué gran trabajo han hecho, Ingeniero, los felicito—exclamó con alegría Partson, mientras aplaudía al lado de la jaula con las rocas y continuó.

—Esto es una maravilla. Estas piedras lo cambian todo. Eduard va a estar muy feliz con ustedes.

Los obreros chinos junto a Shuan cargaban todas las herramientas y demás equipos en los camiones. La noche se aproximaba y de ningún modo querían quedarse allí. No les importó la presencia del Comandante ni tampoco sus halagos. George lo notó de inmediato se tomó unos segundos más para observar el lugar. Le tendió la mano a Martin y Mirko, se despidió de ellos para luego regresar caminando al helicóptero.

Alejandro al verlo regresar subió a la nave y puso en marcha los motores. El también quería largarse cuanto antes de allí. Tenía nuevamente un mal presentimiento pero esta vez haría caso a su instinto.

Partson subió al helicóptero. Batisttone aguardó a que se ajustara su cinturón de seguridad y comenzó a elevar la máquina lentamente.

Cuando llegó al borde de la ladera, vio que alguien o algo se levantaba del piso. Era Akum, el líder de los centinelas quien se había quedado en la retaguardia. Este se asustó al ver el helicóptero, por lo que alzó su arco Janak y disparó sin dudarlo.

La flecha atravesó el vidrio de la cabina y se incrustó debajo del asiento de Partson justo entre sus piernas. El hombre blasfemó del susto y Alejandro tiró del timón con fuerza para ganar altura. La nave respondió, George tomó el radio e intentó comunicarse con el campamento minero para alertarlos. Pero fue en vano; el radio de largo alcance estaba dentro de uno de los camiones y nadie contestó.

Volaron unos minutos sin problemas hasta que una alarma se activó en la cabina del helicóptero. Algunas luces rojas se encendieron.

—¡Ahora qué sucede!—dijo Partson, aferrándose a su asiento y sin poder quitarle la vista a la flecha que estaba entre sus piernas.

—Perdemos potencia en una de las turbinas, pero estamos cerca de la base. No se preocupe— respondió Alejandro.

Luego desactivó la alarma para que el Comandante se tranquilizara. Sabía que tenía los minutos contados para aterrizar. El rotor de estribor estaba perdiendo potencia y en algún punto ya no podría compensarlo. Para su fortuna la base estaba muy cerca. Ya habían encendido las luces en el lugar. Faltaban unos cien metros para llegar, pero desgraciadamente uno de los motores se detuvo.

El helicóptero comenzó a girar en círculos de manera descontrolada mientras se precipitaba a tierra.

Alejandro intento reiniciar la turbina pero fue en vano. Entonces el hábil piloto apagó el motor restante, cortó el paso al combustible y la máquina se estrelló en un instante.

Batisttone se quitó el cinturón de seguridad. Presionó un botón en el panel del techo del helicóptero y la puerta derecha salió eyectada. La máquina estaba recostada hacia la izquierda y Partson estaba inconsciente por el impacto.

El piloto bajó del helicóptero y tomó del costado de su asiento una pistola con bengalas. A distancia logró ver unas luces de linternas que se acercaban. Cargó la pistola y lanzó una bengala. El sabía que los habían visto pero lo hizo fundamentalmente para asustar a alguna criatura que estuviera merodeando el lugar y esto le dio cierta tranquilidad.

Lamentablemente tuvo el efecto opuesto y un animal similar a un chacal pero del tamaño de una pantera, comenzó una carrera frenética hacia el helicóptero. Alejandro encendió el visor nocturno de su casco y vio como este animal se acercaba a paso veloz mientras lanzada aullidos y ladridos.

Subió nuevamente a la máquina e intentó despertar a George violentamente, sacudiéndolo del asiento. Pero el hombre no despertaba.

La bestia metió su cabeza por la puerta del helicóptero. Empezó a tirar tarascones y con sus patas delanteras hacía fuerza para tratar de meterse dentro de la cabina y devorarlos.

El piloto desesperado buscaba como espantar al animal. Un pequeño extintor estaba adherido al asiento de su compañero. Lo tomó y empezó a descargarlo en el rostro de la bestia. Por un momento desistió del ataque y tosió entre ladridos. La cabina estaba toda blanca por el polvo del extintor.

La fiera arremetió nuevamente dentro del habitáculo, pero en ese instante uno de los soldados de Partson que estaba de custodia en el carguero, llegó corriendo a pocos metros del lugar. Con un rifle automático descargó una ráfaga de disparos sobre el animal. Este huyó cojeando por las heridas y desapareció en la oscuridad.

Varios hombres rodearon el helicóptero mientras otros sacaron al Comandante de su interior. Lo subieron a una camilla sujetada por cuatro hombres y emprendieron el regreso a la base.

Partson despertó. Estaba aturdido por el impacto. No sabía dónde estaba hasta que vio a Alejandro que caminaba junto a los camilleros. Movió sus brazos y sus piernas y cuando sintió que le respondían, se tranquilizó y sólo se quedó observando el firmamento.

Batisttone alcanzó a divisar entre las sombras el módulo de comunicaciones de la base y fue corriendo para que dieran aviso a los mineros. Pero ya era tarde para ello.

En el campamento Mirko junto a sus hombres concluían de guardar sus equipos. Sólo faltaba montar la excavadora en uno de los camiones.

Martin chequeó que la jaula con el tan preciado material estuviera bien sujeta y Shuan junto a sus hombres montaron una rampa de hierro para subir la máquina. En unos pocos minutos sólo habría oscuridad. Pero ya era tarde para Mirko y sus hombres.

Los centinelas de Akum se habían deslizado cuerpo a tierra entre las malezas y estaban a pocos metros del campamento rodeándolos por ambos lados.

Lamentablemente los guardias de Leonard estaban más pendientes de los camiones y su partida que de un posible ataque.

Akum, quien estaba en la cima de la ladera, lanzó una flecha hacia el campamento. Esa fue la señal para comenzar el ataque. Los centinelas se pusieron de pie; eran quince contra sólo seis guardias incluyendo a Leonard.

—¡Los nativos!—gritó un hombre por la radio.

El Sargento quien estaba junto a la excavadora, subió sobre el camión para tener mejor perspectiva y vio como estos seres se acercaban lentamente con sus arcos en mano.

Los guardias retrocedían asustados. Leonard les pidió que se mantuvieran firmes, pero uno de los hombres entró en pánico y comenzó a correr a toda velocidad hacia uno de los camiones. Fue allí que un centinela le arrojó su lanza de más de cuatro metros de largo. Esta voló a gran velocidad, atravesó la espalda del hombre y se clavó en la rueda delantera del camión donde estaba Rose.

El hombre aún vivo, en medio de gritos intentaba sacar la lanza de su cuerpo. Martin que estaba oculto debajo del camión salió a toda prisa para ayudarlo, pero un metro antes de llegar, una flecha dio en el moribundo guardia y acabó con su vida.

Leonard empezó a disparar en todas direcciones, pero con su pistola no podía atinar a nada. Se sentía impotente y pensó en su rifle el cual había dejado en la nave principal.

—¡Vamos! ¡debemos irnos ahora!—gritó Mirko por el radio.

Shuan estaba listo. Encendió el vehículo y avanzó hacia la derecha. Un flechazo perforó el parabrisas. El camión avanzó unos metros y se atoró en un pozo. Un centinela trepó al capot, entonces Shuan puso reversa y apretó el acelerador a fondo. El vehículo de doble tracción retrocedió violentamente despidiendo al centinela.

El minero vio que la Doctora estaba en el asiento trasero y le dijo que tomara el radio para pedir ayuda. Pero Rose estaba aterrorizada; parecía petrificada y no respondía.

Mirko junto a Martin y el Sargento, subieron al vehículo más grande donde estaba la jaula.

—John, nos vamos. ¡Suban al camión!—les ordenó el Sargento a los gritos por el radio.

Uno de los guardias atinó en un centinela y éste cayó sobre sus rodillas. John corrió frenéticamente hacia el camión donde se encontraba el Sargento pero unos metros antes de llegar, una flecha le dio en su pierna derecha. El joven con mucha valentía la sacó de su muslo y cojeando continuó caminando. Leonard disparaba desde el camión para cubrirlo, pero ya era tarde. El veneno mortífero de la flecha había entrado en su cuerpo y sucumbió antes de poder abrir la puerta del vehículo.

El camión de la Doctora pasó justo frente a ellos en dirección al río. Tenía una rueda desinflada por el flechazo pero aun resistía. Mirko por radio le pidió que no se detuviera y seguido por otro vehículo donde estaban los obreros, continuaron su camino.

Un relámpago iluminó todo el cielo y comenzó a llover nuevamente.

Martin encontró una caja con una pistola de bengalas debajo de su asiento mientras buscaba un tanque de oxígeno. La cargó y comenzó a disparar las bengalas hacia los centinelas.

Estos no se habían asustado por los disparos de las armas de fuego, pero al ver las luces de las bengalas huyeron. El propio Akum quien ya estaba en el campamento les pidió que retrocedieran y se ocultaran.

La idea del Ingeniero permitió que se alejaran del lugar. Desgraciadamente el camión que portaba la excavadora no tuvo la misma suerte y los hombres que estaban en él tampoco. Al pasar a su lado Mirko vio a dos hombres clavados en sus asientos por las grandes flechas de los centinelas.

—¡Malditos hijos de perra! No les dieron una oportunidad—exclamó el Sargento enfurecido, mientras buscaba balas en su bolsillo para recargar su arma.

Del otro lado del río y a una distancia de unos cincuenta metros, los dos camiones aguardaban por sus compañeros. Shuan encendió un reflector que estaba en el techo y comenzó a iluminar el campo. El camión de Mirko se aproximaba al río. Shuan volvía a hacer una recorrida con el reflector y vio a un obrero que se acercaba corriendo en dirección a ellos y les hacía señas con las manos.

Desde el camión le hicieron señales con luces para tranquilizarlo.

El hombre llegó exhausto por la carrera a la margen del río. La lluvia se hacía mas fuerte y la oscuridad era total. Sólo se veían las luces de los vehículos. El obrero comenzó a cruzar el río y el agua le llegaba hasta la cintura. Shuan lo alumbraba desde el camión. La corriente de agua aumentaba a cada instante pero el hombre logró cruzar. Era el obrero más viejo del equipo. Subió al camión donde estaban sus compañeros y éstos lo abrazaron de alegría. El veterano abrió su mano mostrando que tenía una de esa extrañas rocas que levitaba.

Mirko llegó a la margen de río. La cuesta era algo empinada pero no podía verse con claridad el caudal de agua. La corriente había aumentado mucho ya que la lluvia no cesaba.

—¡Cuánta agua! ¡qué desgracia! ¡una tras otra!— se quejó el sargento.

—Alguien va a tener que bajar para guiarme— respondió Mirko, pidiendo ayuda a sus compañeros.

En la base el Comandante Parson había recuperado la conciencia aunque tenía un fuerte dolor de cabeza por el golpe.

Un médico junto a una enfermera le pidieron que permaneciera recostado en la enfermería, pero George no los escuchó. Tomó unos analgésicos y caminó hasta la sala de comunicaciones del módulo principal. Los técnicos habían instalado una serie de cámaras en el perímetro que se activaban por movimiento y una giroscópica de mayor rango en el techo. Este ojo de águila podía ver por kilómetros y con visión nocturna.

Partson pidió que buscaran cualquier señal de los mineros mientras tomaba el radio para tratar de alertarlos de lo sucedido. Lamentablemente Mirko y sus hombres estaban muy ocupados para responder y el Sargento apagó el transmisor.

Martin y el Sargento bajaron para intentar guiarlo. Shuan el verlo desde la otra margen, acomodó su camión para que enfocara bien el lugar y junto con el de sus compañeros alumbraban el río.

Mirko avanzó con cautela. Sin embargo, en pocos metros las ruedas se taparon de agua. El Ingeniero seguía avanzando. Martin y el Sargento lo escoltaban pero la corriente se hizo más fuerte y ambos tuvieron que sujetarse para no ser arrastrados.

Shuan bajó del camión y al ver lo que sucedía fue a la parte trasera a buscar una soga. La lluvia era implacable.

Finalmente, el camión se atascó en el lecho del rio. Mirko accionó la doble tracción pero era inútil. El agua comenzó a ingresar por las puertas rápidamente. El Ingeniero obstinado no quitaba el pie del acelerador.

Shuan arrojó la cuerda y el primero en tomarla fue Leonard quien se la ató a la cintura y se largó del camión. La corriente lo arrastraba río abajo pero no estaba solo. Dos operarios jalaron la cuerda del otro extremo y pudo llegar a la orilla sin sobresaltos.

Un rayo cayó a pocos metros de ellos y el estruendo fue ensordecedor. Martin harto de la situación, golpeó con su puño la puerta del camión y le gritó a Mirko.

—¡Basta, Sedoff, es suficiente, déjalo!—

El ruso enfurecido golpeaba el volante y le respondió.

—Maldita mierda. Toda esta muerte para nada— exclamó.

Luego tomó el transmisor que estaba flotando en el asiento del acompañante y bajó del vehículo.

Desde la orilla les arrojaron cuerdas nuevamente y ambos lograron salir del río. Mirko le pasó el radio a Martin para que se comunicara. Estaba de tan mal humor que no quería hablar con nadie y comenzó a caminar en la oscuridad hacia las luces de la base.

Leonard lo increpó por radio para que regresara y subiera al camión, pero el hombre no respondió. Sólo cuando sus compañeros de acercaron con los vehículos, estiró su brazo para que se detuvieran y subió junto a Shuan y la Doctora.

Akum y sus compañeros hurgaban en los restos del campamento y recogieron unas pequeñas herramientas olvidadas en el apuro. Ellos podían ver en la oscuridad ya que sus ojos eran más grandes, amarillos y adaptados a la noche. Su vista era muy similar a la de un gato terrestre. Gracias a ésto y a la luminiscencia de muchas plantas, podían caminar por la jungla como si fuera de día.

Uno de los centinelas trepó donde estaba la excavadora. Sobre la oruga de ésta, había un cuchillo de combate en su vaina. El centinela lo quitó de la misma y lo observó detenidamente. Se quedó asombrado con su forma y su filo. Lo tomó para sí como un tesoro. Era el cuchillo del Sargento Leonard. El único recuerdo de su paso por el ejército francés, ahora estaba en manos de un alienígena.

Los centinelas habían perdido una batalla pero Akum no se daría por vencido. A pesar de haber perdido a un compañero y hermano del clan, todos hicieron una ronda alrededor del cadáver. Se tomaron de las manos e invocaron a la diosa de la vida y la tierra. Luego de la invocación se agacharon y con sus manos tocaron a su compañero muerto. Se quedaron en silencio unos minutos hasta que Akum, el líder del grupo se levantó y trajo la primer piedra para cubrir el cuerpo.

La alzó al cielo, luego la bajó, le dio un beso muy fraternal y la puso sobre el cuerpo del centinela muerto. Sus compañeros le siguieron repitiendo lo mismo una y otra vez hasta que el cuerpo quedó totalmente sepultado bajo las rocas.

—Es hora de hablar con el líder—dijo Akum.

Al terminar el sepulcro, la lluvia había cesado y las nubes se disipaban dejando ver el gran planeta en el cielo que cubría la mitad del horizonte.

Uno de los presentes era Tarko, el más veloz de todos los centinelas del clan. Este se ofreció para adelantarse y reunir al consejo y que estuviera listo para cuando ellos llegaran.

Akum aceptó con la condición que si veía a Raman no se retrasara y siguiera a toda marcha. Ellos estarían al amanecer en la tribu, pero de momento continuarían rastreando a los seres del cielo. La noche era larga y recién comenzaba.

Esta vez Akum sería más precavido. Sabía que si los superaban en número, con esas armas estarían perdidos.

Los camiones estaban próximos a la base. La Doctora Rose miraba por la ventana como el gran planeta iluminaba el cielo y tomaba fotografías.

De repente vio algo que le resulto familiar. A unos pocos metros se encontraba el helicóptero estrellado.

—Shuan, deténgase, por favor. Es el helicóptero del Comandante—dijo palmeándole la espalda con insistencia. El joven chino no respondía entonces Mirko que estaba a su lado, le hizo un ademán para que detuviera la marcha y el hombre respondió.

El Ingeniero llamó por su intercomunicador a Morgan quien estaba con el Sargento en el otro camión.

—Martin, ¿me escucha? Por favor, tome el transmisor y pregunte qué sucedió con el helicóptero.

El geólogo encendió el aparato el cual tenía una pantalla y cuando logró comunicarse vio al Comandante por ella.

—Morgan, ¿están bien? Ya los vemos con la cámara de largo alcance—dijo George con una sonrisa poco habitual.

Martin asintió con la cabeza pero de los nervios no le salían las palabras, entonces el sargento le quitó el aparato de sus manos y dijo.

—Partson, perdimos varios hombres, hay mucho más que animales aquí. Usted lo sabía, ¿no es cierto?—el Sargento no pudo contener su ira y explotó.

—Podríamos haber muerto todos. Nos mandó al matadero con estas pistolitas de juguete contra esos gigantes morados.

—Tranquilícese, Sargento. Yo casi muero en ese maldito helicóptero por un flechazo. Alguien de su equipo apagó el transmisor y no pudimos comunicarnos—respondió el Comandante con altura.

Leonard aún furioso apagó el aparato, lo arrojó a la parte trasera del camión y con un ademán le indicó al conductor que continuara la marcha hacia la base.

Los camiones se detuvieron frente a la nave de transporte. Los hombres estaban muy agotados, sobre todo los obreros quienes habían trabajado casi treinta horas seguidas. Algunos dormían en el camión y Shuan tuvo que despertarlos para que bajaran.

Leonard ordenó a sus guardias que tomaran un descanso. Se lo merecían luego de semejante batalla. El junto a Sedoff y Morgan fueron en busca de Partson.

En el módulo comedor, George Partson y Eduard compartían un café. El Comandante estelar leía muy atentamente un instructivo que le había entregado Eduard.

El protocolo para actuar si encontraban vida inteligente. Acarició su barbilla. Se lo notaba concentrado en el texto y sólo levantó la vista de la pantalla cuando el Sargento y los demás estuvieron a su lado.

—Tenemos una conversación pendiente, Comandante—dijo Leonard y luego se quitó su máscara de oxígeno.

—Entiendo su preocupación y lamento profundamente su pérdida, Sargento, pero yo también casi muero hoy—respondió George. Luego corrió la silla hacia atrás para levantarse.

Leonard arremetió contra el Comandante. Lo tomó de su chaqueta y empezó a sacudirlo. Mirko intervino rápidamente y separó a los hombres.

Eduard quien estaba en una silla de ruedas exclamó.

—¡Es suficiente, Sargento! Usted sabía de los riesgos de venir a un planeta lleno de animales desconocidos y aceptó el trabajo. Por eso se le paga muy bien de hecho.

Luego Eduard corrió la silla de ruedas hacia atrás para que vieran que le faltaba una pierna y continuó.

—¡Míreme, míreme maldita sea! Yo he dejado más que usted en este lugar en menos de un día. Soy un maldito lisiado.

Leonard levantó su brazo derecho y mostró la palma de su mano como pidiendo una disculpa.

Martin intervino para que se olvidaran el suceso y le preguntó al Comandante qué era lo que estaba leyendo.

George volvió a sentarse como si nada hubiera sucedido y respondió a Martin tomando una bocanada de aire para tranquilizarse. El también estaba bajo mucho estrés y quería algo de calma.

Mirko invitó al Sargento a ir por un trago de vodka, y así tal vez el Comandate olvidaría el incidente si Leonard se marchaba.

Alejandro entró al salón y se dirigió hacia Partson con prisa.

—Señor, ya encontré las tres cajas que me mandó a buscar, pero hay algo extraño. Son contenedores plásticos y tienen una cerradura con un código electrónico.

—Exactamente, Batisttone, son esas—respondió George.

Se levantó de su silla, tomó del bolsillo de su chaqueta una tarjeta magnética y se la entregó al piloto.

—Acérquela a la cerradura y digite el código. Vaya con el Sargento, muéstrele el contenido y luego la vuelve a cerrar—Partson fue muy preciso con la orden.

Todo un misterio pensó Alejandro para sí y fue en busca de Leonard quien estaba en la barra de la cafetería bebiendo con Mirko.

Rose junto a Tomas su asistente, se dispusieron a clasificar las muestras tomadas en el campo de una manera sencilla. Simplemente dejándolas ordenadas por género animal o vegetal. Estaban muy cansados y aún no habían procesado la muerte de su compañero en manos de esa ave monstruosa.

Era mucho por un día. La Doctora tomó de su bolso unas píldoras para dormir y le pasó una a su compañero quien sentado a su lado no paraba de temblar.

—Toma una de éstas. Te ayudará a dormir y lo necesitamos—dijo Rose mientras ella misma tomaba no una sino dos píldoras.

Tomas asintió con la cabeza y entre lágrimas tomó la píldora y fue a recostarse en su litera. Ni siquiera se quitó las botas llenas de barro.

El asistente de la Doctora era un gran genetista ya pisando los cuarenta años. Había decidido salir de la comodidad de su escritorio en la Universidad de California para sumarse a esta aventura. Sus credenciales lo acreditaban para la misión ampliamente, pero como cualquier bicho de laboratorio, soltarlo al campo no había sido fácil. A pesar de la amistad que tenía con Rose, estuvo más de un año para aceptar participar en la misión Pandora.

Sólo fue hasta que la Doctora le habló del pago y logró que el hombre aceptara. Su sueño de tener un apartamento frente al mar en Santa Mónica pudo más que todos sus miedos y terminó alistándose.

En una de las bodegas y detrás de unas cajas de alimentos se encontraban los contenedores plásticos. Alejandro llegó primero a ellos seguido por el Sargento. Estaban montados uno sobre otro por lo que los hombres los pusieron el piso para poder abrirlos.

El piloto acercó la tarjeta magnética y se encendió una luz roja en la cerradura. Luego introdujo el código en el pequeño tablero, la luz cambió a verde y se escuchó como se destrababa el cerrojo.

Al abrirlo, vieron una manta verde militar. Alejandro la quitó y debajo de ésta estaba la carga. Rifles automáticos con miras electrónicas. Dos cajas contenían rifles, la tercera munición y algunos explosivos.

—Bien, bien. Ahora empezó a mejorar el día—dijo el Sargento dejando salir un suspiro tranquilizador.

—¿Son buenas armas?—preguntó Alejandro con algo de interés.

—Si. Las conozco a la perfección. Son muy buenos rifles Belgas. Los usé por años. Ahora nosotros tenemos la ventaja y no esos malditos nativos— exclamó Leonard mientras sostenía un rifle y le echaba un vistazo.

—Yo espero que el Comandante no haga ninguna idiotez, porque si matamos a estos nativos, vendrán más y no podremos instalar una base permanente—comentó Alejandro preocupado, mientras cerraban las cajas y volvían a acomodar todo tal cual estaba.

Eduard se acercó con su silla de ruedas hasta la barra donde estaba Mirko. Le costaba dominarla e hizo un par de zigzagueos antes de terminar al lado del ruso.

El Ingeniero había bebido unas medidas de vodka y miró a Eduard con algo de desprecio.

—Ingeniero, ¿podemos ver la carga cuando amanezca?—preguntó con algo de ingenuidad.

Mirko lanzó una carcajada al aire mientras sostenía su vaso. Partson lo observó a la distancia. Tomó unos papeles que estaban sobre la mesa y se marchó deprisa hacia la nave de transporte.

—¡Ustedes son patéticos! ¿el Comandante de la misión no le dijo que se perdió todo el cruzar el río?

Eduard se mantuvo en silencio un momento y antes de hablar tragó saliva. Tenía una mezcla de ira con desesperación. No podía procesar que con todo lo que habían vivido, regresarían con las manos vacías. Eso era inaceptable para la GondenSpace y sobre todo para él, que había perdido una pierna por nada.

El robusto Ingeniero le pidió otra copa al cantinero y se la pasó a Eduard.

—Tome, está blanco como un vaso de leche—dijo entre risas. Eduard no bebía hacía muchos años, pero se tomó el trago de un sorbo.

Mirko se puso de pie, hizo un esfuerzo por recobrar la compostura y continuó.

—No se preocupe tanto. La lluvia cesó hace unas horas. Cuando amanezca vamos a recuperar su carga. Yo no voy a regresar sin mi pago.

Martin llegó a su modulo, se quitó todo el equipo y lo puso sobre una silla.

Vio que una parte del uniforme se elevaba sola. Esto le dio un susto del demonio, pero luego sonrió recordando que había guardado una de esas rocas en su bolsillo. La tomó, se acostó en su cama y se quedó observando a esa piedra maravillosa flotar sobre su cabeza.

No muy lejos de allí, el líder de los centinelas junto a sus compañeros podían ver con claridad las luces de la base. Akum les pidió que se detuvieran un momento para observar con atención. Pensó que ese era un buen momento para que estuviera Raman ya que era un experto en escabullirse y pasar desapercibido, pero el joven centinela estaba muy lejos, ya próximo a llegar a la tribu. Raman podía ver la gran caverna donde moraban los Janak a pesar de la distancia. Aún le faltaba bajar la montaña y atravesar el valle. Al final de éste se encontraba el clan.

Estaba agotado. Sus fuerzas lo abandonaban. No había bebido ni comido nada en muchas horas y la ardua caminata por la montaña le estaba cobrando su precio. Trepó a un árbol cuyos frutos eran muy nutritivos pero estaba vacío. Sólo en una rama había una fruta y estaba muy alta. Era difícil alcanzarla pero el hambre pudo más.

Su estómago se quejaba hacía largo rato. Dejó su arco y flechas apoyados en el tronco y se dispuso a trepar hasta la cima donde se encontraba el fruto.

Como pudo trepó hasta llegar a la cima donde se encontraba la rama con el fruto. Caminó sobre ella, tomó la fruta y comenzó a bajar del árbol apurado por llegar al suelo. Saltó sobre una rama que no era lo suficientemente fuerte y se quebró. El joven cayó a tierra desde unos diez metros y golpeó su cuerpo contra una roca. El golpe fue tan fuerte que perdió el conocimiento.

Akum y sus compañeros se acercaron a la base sin saber que se habían instalado sensores de movimiento. Ellos desconocían cualquier tipo de tecnología. En el puesto de comunicaciones, Clark comía un plátano mientras observaba las pantallas sin mucha preocupación. Su turno era de ocho horas y casi llegaba a su fin.

Uno de los sensores se activó. Este estaba interconectado con la cámara infrarroja que se dirigió automáticamente al lugar para mostrar el área.

Clark quitó sus pies de la mesa y prestó atención a la pantalla por unos segundos, pero nada sucedía.

Su compañero de relevo llegó al lugar con dos tazas de café y preguntó.

—¿Todo tranquilo? Me pareció escuchar la alarma de un sensor.

Clark se frotó la cara con ambas manos. Tenía sueño, quería ir a dormir lo antes posible y respondió.

—Si, seguramente fue uno de esos malditos animales.

Los hombres se saludaron con un choque de puños. Clark se levantó para dejar la silla a su compañero y en ese momento varios sensores se activaron a la vez. Sonaban chicharas de todo tipo.

Akum había dispersado a sus compañeras y se acercaban al lugar en la oscuridad.

Clark tomó el teclado del computador y se concentró en las pantallas para ver si veía algo a través de la cámara térmica. Comenzó a hacer un paneo por el campo.

—Ahí están, mira. Pero parecen hombres, no son animales—exclamó y su corazón parecía salirse de su pecho.

—Sí, los veo. Enciende los reflectores y activa la alarma. Voy por Leonard—respondió su compañero y salió corriendo en busca del Sargento.

Leonard se despertó aturdido por la alarma. Estaba muy cansado aún y tenía un poco de confusión. No sabía dónde estaba y le tomó unos segundos ponerse en alerta.

Tomó sus botas para ponérselas y el hombre de la sala de comunicaciones irrumpió en el módulo.

—Sargento, tenemos actividad en el perímetro exterior como a quinientos metros. Son humanoides—dijo el muchacho agitado y con mucho miedo.

—Son esos malditos nativos. Ve a avisarle a Partson, les vamos a dar una lección—dijo en voz alta. Luego tomó su pistola y buscó en la mochila el cuchillo. Vio que no estaba dentro y recordó que lo había dejado sobre la excavadora. Blasfemó por el error y salió a toda prisa en busca de Batisttone.

Cuando salió del módulo se topó con Alejandro que venía a su encuentro.

—El Comandante me dio la tarjeta. Vamos por las armas—exclamó el piloto quien ya estaba al tanto de todo.

Al llegar al depósito aguardaban afuera unos cinco hombres. Alejandro pidió que se apartaran y entró con el Sargento al pequeño módulo. Sacaron una caja con rifles y la abrieron para repartirlas con los hombres restantes.

—Sargento, somos civiles. No sabemos cómo se usan estas cosas—dijo un muchacho preocupado.

Leonard meneó la cabeza, le dio un rifle a Alejandro y cerró la caja.

—Ahora no tengo tiempo para hacer un curso. Vayan adentro y cierren las puertas—ordenó Leonard y luego miró a Alejandro.

—No disparo desde la academia, pero lo recuerdo—dijo el piloto algo nervioso.

—Suficiente para mí. Este es el seguro, quítelo—dijo Leonard. Muy nerviosos caminaron juntos hacia el exterior de la base. Por el radio de sus cascos escucharon al Comandante enfurecido por no haber repartido las armas con los demás hombres.

—Partson, no quiero más muertos y menos por accidentes estúpidos de novatos—respondió Leonard al Comandante con altura.

Hubo un silencio de unos segundos en la radio. Los reflectores alumbraban unos cincuenta metros, pero luego sólo era oscuridad.

Akum vio que solamente eran dos hombres, pero no se confió y pidió a sus compañeros que se detuvieran detrás de un montículo de rocas.

—Akum, son sólo dos. Acabemos con ellos así sabrán que no les tememos—dijo un centinela ansioso por luchar. Pero el líder sabía que a pesar de que sólo eran dos, probablemente era un señuelo para atraerlos a una trampa.

Al ver que sus compañeros estaban ansiosos por tomar venganza, no tuvo otro remedio que idear un plan.

Cuatro centinelas salieron corriendo a toda velocidad hacia donde estaban el piloto y el Sargento. Llegaron desde distintas direcciones, sin embargo uno de los hombres de monitoreo los alertó al verlos por la cámara térmica.

—Sargento, ¡son cuatro y se acercan rápido!

Leonard tenía experiencia en combate. Le pidió a Alejandro que se ocupara del flanco izquierdo mientras él se ocuparía de la derecha.

Un centinela llegó hasta el borde de luz que iluminaba el reflector y arrojó su lanza con mucha fuerza. Su lanzamiento no fue preciso y el arma cayó a unos metros de Alejandro, quien asustado abrió fuego hacia la oscuridad.

El Comandante junto a dos de sus hombres llegaron al lugar y arrojaron bengalas al aire para iluminar el terreno.

Los compañeros de Akum quedaron al descubierto. Eran muy grandes para ocultarse en los matorrales y sus siluetas se veían perfectamente. Akum quien estaba cerca de ellos les pidió que retrocedieran. Estaban a unos ochenta metros. Un centinela alzó su arco para disparar, pero Leonard fue más rápido y le disparó una ráfaga. Las balas pegaron en el suelo haciendo volar el pasto y una dio en la pierna de centinela. Este gritó del dolor y arrojó su arco al suelo.

La batalla estaba perdida antes de comenzar. Akum entendió que las armas de estos seres eran muy superiores y corrió en ayuda de su compañero herido. El Sargento los tenía en la mira.

El centinela herido se puso de pie para apoyarse en su compañero.

Akum miró al Sargento, levantó su lanza y la arrojó al piso pidiendo clemencia. Leonard era un hombre de principios y no iba a dispararle a alguien desarmando. Uno de los hombres que estaba con el Comandante le gritó que los acabara, pero el Sargento bajó el arma y levantó su brazo en señal de dejarlos ir. Akum también levantó su brazo como gesto de agradecimiento. Aunque con mucha frustración, le pidió a sus compañeros que se retiraran.

Uno de los hombres que acompañaba a Partson se acercó al Sargento y le dijo en un tono desafiante.

—Sargento, ¡usted es un cobarde!

Leonard se volteó para mirarlo y el menudo hombre continuó—Es una maldita gallina. No debería estar a cargo.

El veterano hombre del ejército francés, montó el rifle sobre su hombro y le dio una bofetada tan fuerte que la máscara de oxígeno del muchacho voló por los aires.

Alejandro quien estaba cerca de éste, empezó a reír como un loco y luego le alcanzó la máscara al joven que ya se estaba poniendo azul de contener la respiración.

—Partson, controle a su cachorros—dijo Leonard y comenzó a caminar de regreso a la base al ver que los nativos se habían ido.

El piloto palmeó en el hombro al Sargento y regresaron juntos caminando.

—Creo que aprendieron una lección esos nativos— dijo Batisttone. El Sargento asintió con la cabeza, pero no estaba convencido y respondió.

—Esto fue conocernos la cara, Batisttone. Recuerde que estamos en sus tierras. Nosotros somos los invasores aquí.

—Pero, Sargento, nosotros tenemos rifles automáticos y ellos arcos y flechas. No tienen chance—dijo Alejandro con una sonrisa.

El Sargento se detuvo y tomó a Alejandro del hombro. Aguardó a que el Comandante y sus hombres se alejaran para que no lo escucharan y dijo.

—Nosotros somos treinta expedicionarios y casi nadie sabe usar un arma. Si esos nativos vuelven con sus amigos vamos a estar en serios problemas. Pero serios problemas de verdad—respondió Leonard presionando el hombro del piloto.

Del otro lado de la montaña, Raman recobraba la conciencia luego del fuerte golpe. Intentó ponerse de pie pero el dolor en sus costillas lo hizo caer. Le costaba respirar y como pudo se acercó hasta el fruto para comerlo, sin saber que un animal lo estaba acechando desde hacía un rato. La bestia se acercó agazapada y mostró sus fauces al maltrecho Raman.

Desesperado y con temor, buscó su arco pero estaba demasiado lejos. Entonces tomó la raíz de un árbol y empezó a invocar a la Diosa de la Vida para que lo salvara. Cuando todo parecía perdido, Tarko apareció entre las sombras y con fuertes gritos y arrojando una piedra, ahuyentó a la bestia que se escabulló en la maleza.

—Qué bueno verte, hermano—dijo Raman con mucho dolor. Luego intentó ponerse de pie, pero su dolor era tan fuerte que volvió a caer al piso.

Tarko lo ayudó a levantarse y entre quejidos Raman pudo incorporarse. Ambos comenzaron a caminar hacia el valle. Tuvieron que detenerse unas cuantas veces para que Raman recuperara el aliento. De a poco el joven centinela recobraba las fuerzas, a pesar del fuerte dolor que tenía en sus costillas.

—Hermano, tengo que dejarte. Akum me envió a hablar con el líder para reunir al consejo de urgencia. Continúa por el sendero que yo enviaré ayuda por ti.

—Todo ésto es su culpa. Si hubiéramos acabado con esos seres, ahora estaríamos festejando. Akum es un cobarde—respondió Raman. Luego se sentó en una roca a esperar por la ayuda mientras su compañero se perdía entre la tupida maleza.

Akum junto al resto de sus guerreros subían la montaña. Su compañero herido no dejaba de quejarse pues tenía una bala dentro de su pierna.

Cada vez que la apoyaba en el suelo el dolor se le hacía insoportable.

Caminaron subiendo la cuesta lentamente. Por fortuna un centinela encontró una planta cuya flor era un analgésico muy potente. Akum respiró. Sabía que su compañero encontraría un alivio al comerla. Esa era la flor de las madres, llamada así porque se las daban a las hembras cuando estaban pariendo y de esta forma mitigaban su dolor.

Todos hicieron una pausa en su marcha para dar tiempo al compañero herido y que la medicina hiciera su efecto. El camino era muy largo hasta el asentamiento y todos estaban agotados.

Por la mente de Akum pasaban muchas preguntas y aún estaba intrigado con la Doctora. Quería saber porqué recolectaba plantas e insectos. Para los Janak las plantas y los animales eran sagrados. Ellos entendían a la vida como un todo y sabían que cada ser viviente estaba de alguna manera conectado con ellos a través de su Diosa.

En el módulo de Rose pasaba algo muy extraño. Las plantas que había recolectado se iluminaron y todos los frascos parecían pequeños faroles en la oscuridad. La Doctora dormía en un sueño muy profundo por las pastillas que había ingerido.

Luego de brillar por un tiempo, las plantas fueron muriendo una a una y sólo dejaron un rastro de ceniza dentro de su contenedor.

Era cierto lo que creía esta civilización. Realmente existía algo que de alguna manera interconectaba a todas las criaturas.

DIA 3

No fue sino hasta entrado el amanecer que Akum llegó con sus compañeros al asentamiento del clan Janak. Una escolta de centinelas montando unos animales fue en busca de los compañeros de Akum. Estos subieron a las bestias y recorrieron la distancia faltante.

El líder de los Janak los esperaba en la base de una gran caverna, la cual era una ciudad en si misma. Los habitantes crearon decenas de cuevas en el interior de la montaña y todo el clan vivía allí abajo. Sólo los miembros del consejo y los centinelas tenían derecho de subir a la roca sagrada.

Pero éste no era el único clan ni tampoco el único lugar sagrado. En la extensión de la jungla había más de cincuenta clanes. Todos estaban repartidos a muchos kilómetros uno del otro y nadie conocía a más de uno o dos clanes entre sí.

Pandora era tan grande que era muy atípico que hubiese disputas por territorio. El problema con el clan de los Akina era más una guerra por celos y orgullo que por recursos.

Tarko quien había llegado hacía unas horas, había puesto al tanto a los miembros del consejo y Sunut, el más antiguo había informado de todo al líder.

Akum descendió de la bestia y trepó por unas rocas hasta llegar a los pies del líder. Se arrodilló y extendió su mano derecha. El líder la tocó y puso la piedra del habla en su mano. Todos hicieron silencio.

Los Janak tenían rituales de respeto y éste en particular, se usaba cuando había una emergencia o alguien tenía algo muy importante para decir, al punto tal que hasta el mismo líder guardaría silencio.

Akum se puso de pie, miró la piedra que tenía en su mano, la apretó con fuerza y luego habló.

—Hermanos, unos seres llegaron del cielo. No son muchos, pero son poderosos. Secuestran animales y están profanando nuestra tierra. No respetan a la Diosa de la Vida y sus actos son crueles.

El público estaba asustado y comenzó a murmurar. Entonces el líder dio un paso al frente, se puso al lado de Akum y dijo.

—Calma, hermanos. Como dijo Akum, no son muchos y tal vez están de paso por nuestras tierras. Respetemos las tradiciones y dejen que nuestro centinela termine lo que tiene que decir.

Akum asintió con la cabeza en agradecimiento y continuó.

—Lamentablemente Kanii, el hijo de Sunut, ha muerto en manos de estos seres. Tienen armas mágicas que con ruidos y fuego matan.

El viejo guerrero se desmoronó. Ya había perdido a su esposa hacía unos años y ahora el turno de su hijo.

El público volvió a murmurar pero más fuerte y decenas de lanzas se alzaban en señal de guerra.

Akum levantó ambas manos y pidió calma a sus hermanos. Pidió que bajaran las armas y exclamó

—Pero tenemos una esperanza. Llegamos a su campamento y los atacamos. Sólo eran dos los que defendían el lugar.

—¡Entonces vayamos por ellos y venguemos a Kanii!—dijo una voz en el tumulto.

Ayudado por dos compañeros, el centinela herido subió hasta la roca donde se encontraba el líder y Akum. Al ver el esfuerzo del muchacho por mantenerse en pie, todos hicieron silencio nuevamente. Akum mostró la piedra al público y se la entregó a su compañero. Este la tomó, agradeció agachando su cabeza y dijo.

—Hermanos, voy a decirles sólo una cosa. Cuando caí herido, Akum vino en mi ayuda. Miró directamente a los ojos a estos seres y arrojó su lanza al suelo.

Se escucharon nuevamente murmullos y varias voces gritaron cobarde a Akum por su acto. El centinela herido alzó la piedra de su mano. El público hizo silencio y lo dejó concluir sus dichos.

—Yo estoy aquí no sólo por la valentía de este gran centinela que vino a mi ayuda, sino porque los seres del cielo me dejaron vivir—concluyó y se desplomó sobre los brazos de su compañero. No podía mantenerse en pie del dolor que tenía en la pierna.

Tarko y otro compañero cargaron al centinela herido y lo llevaron con Samia, la curandera de la tribu.

El líder miró al cielo. Este se tornó rosáceo y las aves estaban inquietas. Era señal de que se aproximaba un temblor y así fue. Primero se escuchó el sonido como de un tren y luego el piso comenzó a sacudirse con fuerza.

En la base lejos de allí, algunos hombres aún dormían pero el fuerte temblor los despertó. Rose cayó de su litera. Los frascos de las muestras comenzaron a golpearse entre sí. La Doctora intentó ponerse de pie pero no pudo mantener el equilibrio. Todo se sacudía con fuerza como en un gran tamiz. La energía se cortó dejado todo en penumbras. Pandora no daba descanso y la base era un pandemónium. Una roca hizo estallar una ventana y provocó una fuga de oxígeno. Algunos hombres comenzaron a desvanecerse.

Pasaron unos segundos eternos y el sismo concluyó.

En el la nave nodriza habían visto pasar un asteroide enorme. Tenía una órbita alrededor del gran planeta gaseoso al cual también orbitaba Pandora, pero con trayectoria opuesta y cuando ambos cuerpos celestes se encontraban, se sucedían estos temblores.

Partson tenía una enorme jaqueca. Quiso ponerse de pie pero estaba mareado. Llamó por su intercomunicador a Batisttone y éste fue por él. Al llegar lo vio tirado en el suelo boca abajo, lo giró y el Comandante se quebró del dolor.

Alejandro había avisado al otro piloto y aguardó a que llegara para levantar al maltrecho hombre y colocarlo en su cama.

—¿Por qué tardaste tanto? Te necesito aquí— reclamó Batisttone a su compañero mientras ajustaba la máscara de Partson.

—Es un desastre. Todo está patas para arriba. Carguemos al Comandante a la nave y larguémonos de esta mierda—contestó el hombre con algo de ira por el reclamo de Alejandro.

—Ojalá se pudiera, pero como es Partson nos metería presos. Relájate, voy por un médico— respondió el piloto y fue por ayuda.

Realmente no había exagerado en nada su compañero. Todo estaba revuelto, hasta un baño químico había volcado su contenido y el lugar apestaba a excremento. El personal hacia un gran esfuerzo por recuperar las instalaciones. En la enfermería recogían los medicamentos del suelo, pero todos los equipos médicos estaban destruídos. Todd, el médico clínico, acompañó a Alejandro de regreso.

Afuera trabajaba Mirko con Shuan y dos hombres para tratar de conectar la energía. Un nuevo sacudón tiró a los hombres al piso y el generador atrapó la pierna de uno de ellos. La tierra se movía y el hombre gritaba del dolor puesto que el artefacto literalmente saltaba sobre su pierna.

Con la misma rapidez que había sucedido se detuvo. Shuan estaba en cuatro patas en el suelo y fue gateando en ayuda de su compañero, el cual había perdido el conocimiento a causa del dolor.

—¡Ayuda, por favor!—gritó desesperado Shuan por el radio. Mirko estaba aturdido pero respondió al llamado. Tambaleando se acercó al lugar y con mucho esfuerzo, levantó el generador para que pudieran quitar la pierna del muchacho inconsciente.

La voz del Comandante se escuchó por un megáfono diciendo que llevaran a los heridos a la nave principal.

Alejandro y su compañero prepararon la nave para el despegue mientras un desfile de heridos de todo tipo subía al carguero. El último en subir fue Partson.

Los motores del carguero cobraron potencia y una nube de polvo cubrió todo el lugar. La nave comenzó a elevarse lentamente de la superficie.

Ya en la nave principal, Partson fue atendido en el centro médico robótico junto con los demás hombres.

Durante el viaje hasta la nave, el Comandante le había sugerido a Eduard evacuar la base hasta tanto se recuperaran los heridos. El veedor de la GoldenSpace se negó rotundamente. Sabía que el objetivo estaba muy cerca y no quería demorar más la misión. Lo único que pasaba por la cabeza de Eduard era recuperar ese camión con toda la carga de rocas. Lamentablemente, los sobrevivientes de la base tenían otras prioridades.

Los módulos se habían separado entre sí, lo que hacía que tuvieran que estar con máscaras de oxígeno aún adentro. Esto era estresante y peligroso a la vez por lo que era imperioso reparar los daños.

Mirko junto a su equipo se olvidaron por un momento de recuperar la carga y se abocaron a poner en funcionamiento el lugar nuevamente.

No les fue nada fácil ya que sólo contaban con camiones para mover los módulos enterrados en el fango. Lamentablemente la excavadora había quedado en el campamento de montaña.

Sin embargo, Mirko y su equipo usando sólo cadenas y los vehículos, pudieron dar vida nuevamente a la base haciendo la interconexión.

El Comandante estaba en su habitación recuperándose de sus heridas y observaba a Pandora desde el ventanal próximo a su cama. En toda su carrera nunca había estado tan cerca de la muerte. El accidente en el helicóptero y el terremoto lo habían afectado. Recordó los días felices junto a su mujer y Noah. En especial un día de campo donde había enseñado a su hijo a cabalgar. La imagen mental fue muy fuerte y rompió en un llanto desgarrador. Su cara se volvió un mar de lágrimas.

El hombre duro de cincuenta y tres años en el tope de su carrera, se había derrumbado. Sólo quería abrazar a su hijo y reconciliarse con su mujer. Sentía que toda esta aventura y su carrera no valían la pena.

Luego del desahogo tomó aire, se limpió las lágrimas y se prometió que ésta sería la última vez que abandonaría la tierra.

Permaneció un buen rato en su camarote. No quería que los hombres supieran que su Comandante había estado llorando. Tomó su ordenador y se preparó una taza de café.

Sabía que tenía mucho que escribir en la bitácora a pesar de su breve estancia en Pandora.

Mirko y su equipo tomaban un merecido descanso luego del duro trabajo. Vieron entrar en el salón a Eduard quien se bajó del transporte a último momento. El hombre duro de New York no quería abandonar el lugar. Sabía que si Partson lo subía a esa nave no volvería a pisar Pandora.

—Este seguramente tiene un tatuaje de la goldenSpace en trasero—dijo Mirko a Shuan, mientras veía al hombre lisiado acomodar su silla junto a una mesa.

—Tenemos más de veinte horas de luz por delante. Podríamos ir a buscar ese maldito camión y largarnos de aquí—respondió el joven Shuan, golpeando su tenedor en el plato. Luego continuó—Además, ya no soporto ver a este tipo y extraño estar con una mujer.

Ambos sonrieron. El Ingeniero lo señaló con el dedo y dijo.

—Eso es. Vamos a buscar esa mierda que el caribe nos está llamando.

El joven chino se levantó y marchó a preparar a los hombres para ir en busca de los minerales. El no se daría por vencido. Estaba acostumbrado a trabajar duro desde pequeño.

Tenía una hermana discapacitada y su padre los había abandonado. Esto era algo que él no le perdonaría jamás. Cuando a su hermana la diagnosticaron con una enfermedad mental, el hombre se marchó y dejó sola a su madre.

Shuan tenía solo quince años y tuvo que hacerse cargo de su familia. Sin embargo, para su fortuna un tío trabajaba en una empresa minera y ocupaba un cargo importante. Lo contrató y por ello Shuan comenzó a trabajar junto a él.

Allí fue donde conoció a Mirko y se hicieron inseparables. Tenían casi diez años trabajando juntos. Antes de la misión a Pandora, para Shuan el Ingeniero era como su hermano mayor y lo seguiría a donde éste fuera.

Luego de muchos años de sacrificio, podía darse una buena vida junto a su familia y esta misión le permitiría un largo descanso.

Durante los breves momentos que habló con el Sargento Leonard, éste no dejó nunca de comentarle acerca de lo maravilloso que era París. Shuan estaba muy ilusionado con conocer la ciudad de las luces.

Mientras tanto, Rose estaba totalmente desmoralizada. No podía creer que todas las muestras de plantas se habían convertido en polvo. Algo no era normal allí y lo sabía. Fue en busca de su asistente para mostrarle lo que había sucedido pero éste no estaba en su módulo.

La Doctora se extrañó de que Tomas saliera solo. Antes de salir revisó cada módulo inclusive la enfermería, pero el hombre no estaba en ningún lado. No quería molestar al Sargento Leonard ya que sabía que estaba ocupado pero le preguntó a varias personas. Nadie sabía nada. Entonces tomó coraje y fue en busca del francés.

—Sargento, no sé dónde se encuentra mi asistente, ¿usted lo vio?

El hombre con sólo verla se le revolvía el estómago. Los guardias eran los que más habían sufrido y en gran parte se debía a su imprudencia. La imagen del joven John arrastrándose con una flecha clavada, estaba muy presente en su mente.

Leonard ni siquiera se volteó para verla a la cara y sólo respondió meneando la cabeza.

Rose apretó su puño con fuerza por el desinterés que mostró el Sargento y regresó a su camarote. Se colocó su máscara de oxígeno y salió en busca de su compañero.

Martin cargaba unas herramientas en un vehículo cuando vio a la Doctora deambular por el exterior de la base.

—Señora Rose, ¿sucede algo?—preguntó por el intercomunicador de su máscara.

Ella se acercó agitada. Sabía que algo andaba mal ya que no era normal que Tomas la dejara sola.

—¡No encuentro a mi asistente por ninguna parte!—dijo con premura.

Entonces Martin dejó lo que estaba haciendo, pensó unos instantes y respondió.

—¿Su asistente es el hombre alto un poco calvo?

—Sí. ¡El mismo!—dxclamó Rose con cierto alivio.

—Salió hace unos minutos. Llevaba algo en la mano pero no pude ver bien que era. Se fue caminado en aquella dirección—aseguró Martin. Con su mano indicó hacia donde estaba el módulo con la antena de comunicaciones; eran algo más de cien metros.

Rose agradeció a Martin y fue en la dirección que le había señalado. Mirko se acercó y al ver que Rose se marchaba, le preguntó por curiosidad que quería.

—Se le perdió el asistente. El tipo salió hace unos minutos y fue en aquella dirección—contestó Martin sin darle demasiada importancia.

Mirko tuvo un presentimiento de que algo no andaba bien y avisó por radio a Shuan para que lo aguardara en el camión.

—Vamos a acompañarla. Aún tenemos tiempo—dijo el Ingeniero. Luego arrojó una bolsa con herramientas dentro del vehículo y ambos partieron siguiendo los pasos de la Doctora.

—Quizás quería enviar un mensaje a la tierra y por eso fue para allá—comentó Martin al pasar.

—Sí, puede ser. Pero ya tuvimos bastantes sustos y cosas malas por dos días —respondió Sedoff, dándole una palmada en la espalda a su compañero.

Caminaron un trecho y luego giraron hacia la izquierda para rodear un contenedor. Por el radio escucharon el grito de una mujer.

Era Rose, sin dudas. Ambos corrieron en su ayuda. Tal vez algún animal la estaba atacando, pero cuando por fin rodearon al habitáculo, vieron a la Doctora sujetando las piernas de su compañero.

Este se había ahorcado y su cuerpo colgaba de un cable enlazado por una antena. Rose hacía fuerza para sostenerlo pero ya era tarde. El cuerpo sin vida de Tomas colgaba como un péndulo y los esfuerzos de Rose fueron inútiles.

Mirko pidió ayuda por su radio y junto a Martin ayudaron a la Doctora a sostener el cuerpo de su compañero. Rose lloraba desconsolada y golpeaba la pierna de Tomas tratando de revivirlo.

Shuan acudió en ayuda junto a unos hombres y con la ayuda de una escalera, subió a cortar el cable para bajar el cuerpo de Tomas.

Todo por lo que había trabajado la Doctora se había ido por el excusado. Sin muestras y con sus dos asistentes muertos. Ese era el saldo de su expedición en la implacable Pandora.

Uno de los hombres tomó una pala y comenzó a hacer un hoyo a unos metros de distancia.

—¡Qué diablos está haciendo usted!—dijo Rose enfurecida mientras caminaba hacia donde estaba el sujeto con la pala. Había mucho fango y la Doctora se resbalaba a cada paso.

—No podemos llevar cadáveres a la nave, señora, lo lamento—respondió el hombre mientras enterraba la pala en el fango.

Martin la abrazó y trató de consolarla junto con Mirko, pero Rose estaba devastada por la situación. Todos quedaron contemplando el entierro del hombre y luego volvieron a la base.

Shuan se acercó a Mirko para recibir órdenes. Este le pidió que alistara a los hombres para partir en diez minutos.

Martin Morgan fue por unos tanques de oxígeno extra y se aprestó a esperar en el camión por sus compañeros.

El geólogo estaba perturbado por tanta violencia y desazón. Ya estaba empezando a odiar Pandora. No había visto tanta muerte en toda su carrera y sobre todo en tan poco tiempo.

El ruso llegó con el resto de los hombres y se pusieron en marcha hacia el río. Leonard los seguía en otro camión con tres hombres armados con rifles. El francés no estaba de humor y cargó el camión con municiones como para empezar una guerra.

Al llegar al río el caudal del agua había bajado y podían ver la trompa del camión asomar en la superficie. Mirko descendió de su vehículo y se acercó hasta la margen para ver mejor.

Para su sorpresa, la jaula contenedora con las rocas no estaba. El ruso blasfemó como un loco y luego llamó a Shuan a los gritos. El joven chino se acercó hasta él y ambos se metieron en el agua para llegar hasta el camión. Había mucha agua y no podían ver bien lo que había sucedido. Shuan pidió ayuda a sus compañeros y éstos colocaron unas cadenas para jalar al camión del agua.

Cuando por fin pudieron sacarlo, notaron que los soportes donde estaba apoyada la jaula de hierro parecían un papel retorcido.

—Increíble. Esto es de película—dijo Martin mientras tocaba el hierro chamuscado.

—Ahora sÍ estamos jodidos. Si no recuperamos esa carga nos vamos a quedar en este infierno—dijo Mirko golpeando con fuerza el capot del camión.

—No tenemos otra excavadora. ¿Cómo vamos a hacer el trabajo?—preguntó Martin con inocencia.

— ¿Eso crees? Hay un equipo completo de respaldo en una de las naves. La GoldenSpace no escatimó en gastos. Sólo hay que pedirle a Partson que lo bajen—respondió Mirko con ironía y frustración. Sabía que se quedarían allí hasta que consiguieran esa primera carga.

Mientras los hombres hablaban, el Sargento tomó unos prismáticos y comenzó a escudriñar en el terreno. Vio algunos animales pero no le dio importancia. Lo que él estaba buscando era actividad de los nativos en el área. No quería que los tomaran por sorpresa lejos de la base. Sin embargo, había muchos árboles que le impedían tener una buena visión.

Subió al techo del camión y volvió a mirar, pero esta vez río abajo. Sobre una de las márgenes y entre las ramas de un gran árbol, estaba la jaula con las piedras. Parecía un globo atrapado.

El Sargento comenzó a reír y meneaba la cabeza al ver semejante cosa. Era totalmente increíble ver que las piedras flotaran. Pero allí estaban y debían ir por ellas.

—Sedoff, ya encontré el cargamento. Está como a un kilómetro río abajo por la margen opuesta— comentó el Sargento con precisión militar.

—Bien, Sargento. Al fin alguien me da una buena noticia, ¡en marcha!.

Los hombres buscaron el lugar menos profundo y cruzaron el río con los vehículos. A pesar de la trágica mañana, las cosas parecían comenzar a mejorar para Mirko y su equipo. Los camiones ganaban terreno y pronto estuvieron bajo el árbol que aguantaba la jaula.

El Sargento bajó primero rifle en mano y echó un vistazo por el lugar. Estaban al borde de la jungla y sólo unos cuantos metros los separaban de matorrales. La visión se hacía muy difícil.

Mirko aguardó a que el Sargento les diera una señal. Luego invitó a todo su equipo a bajar de los vehículos y ponerse manos a la obra para recuperar el cargamento.

Shuan fue por unas cuerdas y con la ayuda de otro hombre comenzó a trepar el árbol. Sólo dio unos pasos y se topó con una araña del tamaño de una tortuga. Se quedó paralizado. El insecto, al sentirse amenazado por el hombre, levantó sus patas delanteras y comenzó hacer un sonido extraño. Shuan se puso pálido del susto y retrocedió un poco. Luego se escuchó un disparo y el insecto desapareció. Leonard le había atinado con el rifle y lo voló en pedazos.

—Siga, yo lo cubro—dijo el Sargento dándole confianza a Shuan, quien todavía tragaba saliva asustado por el insecto.

El muchacho trepó por las ramas del árbol hasta uno de los bordes de la jaula. Tomó la cuerda y la enhebró a través de los barrotes. Mirko tomó el otro extremo de la soga y le ató una cadena. Jalaron de ésta y cuando la cadena quedó enlazada, Shuan bajó del árbol.

—Vamos a atarla al chasis del camión—sugirió Mirko, y tomando los dos extremos comenzó a asegurarla en el vehículo.

Todo marchaba como lo esperado, sin embargo el peligro estaba cerca. Un ave enorme como la que había atacado al guardia el día anterior sobrevolaba en silencio. No fue advertida por el Sargento hasta que se posó en el árbol donde estaba la jaula. Leonard al verla intentó abrir fuego pero el arma se atoró. El animal comenzó a gritar y a aletear sus alas. La rama donde estaba apoyada se sacudió y la jaula se liberó. La tensión en la cadena atrapó la mano de Mirko quien empezó a gritar de dolor.

El ave monstruosa levantó vuelo y se posó sobre el techo del camión hundiéndolo. Algunos hombres se tiraron al piso, incluso el Sargento quitó el cargador del fusil y la bala que trababa el mecanismo se liberó. La bestia gritaba y se preparaba para dar su golpe mortífero a Mirko que estaba en el piso atrapado con la cadena. Sin embargo, Leonard no era el único armado y dos guardias comenzaron a disparar. El ave levantó vuelo herida, voló un trecho y luego se estrelló en la jungla.

Mirko desde el suelo seguía implorando por ayuda. Shuan llamó a todos los hombres y éstos jalaron de la cadena para que pudiera sacar su mano.

—¡Esto es una porquería!—exclamó Leonard frustrado por la situación.

—¿Qué le sucede, Sargento?—preguntó Martin intrigado.

—Sólo me di cuenta que lo que nos pagaron por venir a este infierno es una mierda.

Mirko aún con mucho dolor apoyó al Sargento con sus dichos y dijo.

—Morgan, es sólo cuestión de tiempo. Si seguimos aquí, todos vamos a morir. Este planeta no nos quiere.

Hubo un silencio profundo. La sinceridad del Sargento hizo mella en sus camaradas. Ahora se replanteaban si el pago había sido bueno por el sacrificio que les pedían.

En el campamento la Doctora Rose terminaba de ordenar lo poco que quedaba de lo que habían recolectado. Esto era insignificante para semejante viaje. Sólo una decena de insectos. Con ello no llenaría las expectativas de la Universidad a la cual representaba y menos aún, a los laboratorios médicos que habían patrocinado su viaje y el de sus compañeros.

Pero no estaba sola. En la nave principal, Lily Yamato, una joven genetista aguardaba muestras para su análisis con impaciencia.

Sin embargo, Rose tenía otros planes para la brillante Lily. Se dirigió a la sala de comunicaciones y le pidió a Partson que la enviara en el próximo embarque. No podría lidiar con ésto ella sola y por lo menos, quería obtener algunas muestras más. Su juicio estaba nublado por todo lo sucedido y necesitaba una cabeza fresca para reorganizar el trabajo.

En la aldea, Akum junto al líder aguardaban la llegada de los emisarios. Quería saber qué postura tomarían los otros clanes, pero de momento los centinelas alistaban todas sus armas para la batalla.

Raman había llegado a duras penas. Estaba tan fatigado y golpeado que no le importó hablar con nadie del consejo. Sólo aceptó la ayuda de la curandera y por el momento quería descansar.

La tensa espera ponía impaciente a Akum, quien se debatía entre intentar entablar una relación con estos seres o simplemente someterlos en la batalla. El sabía que los superaban en número y con la ayuda de los otros clanes tendrían una victoria rápida. Pero esperaba algo más de todo ésto. Quería conocerlos, saber de dónde venían, qué era lo que pretendían. Eran muchas preguntas y pocas respuestas.

Con algo de astucia consiguió convencer al líder de volver a la gran montaña y espiar los movimientos del campamento. Este accedió ya que sus emisarios tardarían un día o dos en regresar con novedades debido a las grandes distancias.

Sería nuevamente un largo viaje para Akum por lo que tomó un descanso. Luego de alimentarse partiría esa misma tarde, pero necesitaba recuperar fuerzas.

Shuan junto a los hombres habían logrado bajar la jaula y con mucho cuidado la aseguraron al camión. El vehículo parecía querer levantar vuelo, entonces Martin pidió que le pusieran piedras y algunas herramientas.

Con mucha prudencia ambos vehículos regresaron a la base. Por fortuna no tuvieron ningún incidente y al llegar, todos los hombres del lugar se acercaron para ver las maravillosas piedras y se tomaron fotos como si fuera un trofeo de guerra. Eduard con una sonrisa poco habitual felicitó a Mirko y a su equipo.

El veedor de la operación no quería ser un aguafiestas, pero lo que habían recolectado no era ni la mitad de lo que pretendía la GodenSpace. Sabiendo ésto, de momento mantuvo silencio. Los hombres merecían un descanso y con todo lo ocurrido, esperaba poner al tanto a Partson quien también había tenido demasiados problemas desde que puso un pie en el planeta.

Las imágenes de los hombres con el cargamento no tardaron el llegar a la nave principal y todo fue alegría.

—Parece que al fin lo logramos, ¡vamos por unas cervezas!—dijo el Sargento relajado.

Los hombres le siguieron y el módulo comedor se había convertido en un bar.

Eduard le pidió a un guardia que lo llevara hasta la sala de comunicaciones y ordenó al hombre que lo aguardara afuera. Solicitó al operador que lo comunicara con Partson y también pidió que se retirara. Quería mantener el asunto en la máxima reserva posible, al menos hasta tener la aprobación del Comandante estelar.

En la nave, Partson había recibido la noticia de que habían recuperado la carga y se marchó a descansar a su camarote. Con una botella de champagne para disfrutar en soledad, aún sufría de muchas dolencias por el accidente.

El intercomunicador del camarote comenzó a sonar. El hombre se acercó hasta la pantalla con su copa en mano y respondió.

—Eduard, ¡qué alegría verlo!—dijo y levantó la copa con champagne para que éste lo viera. Luego continuó—Por fin podemos tener algo de paz en este infierno. ¿A qué se debe el honor de su llamada?

Eduard lo saludó con cortesía. No quería arruinar el buen humor del Comandante. Sin embargo le urgía hablar con él, antes que los hombres se ilusionaran con un rápido regreso a la tierra.

—Definitivamente lo de hoy fue un éxito en todo el sentido de la palabra y es un gran comienzo. Los accionistas de la GoldenSpace pueden estar contentos por el logro de los muchachos—dijo Eduard a modo de discurso. George escuchó el relato de Eduard con algo de incredulidad. Quizás debido a las copas que había bebido, su instinto le decía que el hombre de la GoldenSpace se traía algo entre manos.

—¿Un buen comienzo, dice?—replicó Partson sabiendo que la mala noticia era inminente.

—Señor, hace sólo una semana que estamos aquí y trajimos alimentos y suministros para varios meses. ¿No le parece que es un poco prematuro retirarnos ahora?

—Nosotros cumplimos con la cuota que quería la compañía y nos ha costado muchas vidas. Usted mismo está vivo de milagro—respondió Partson con algo de ironía.

—Es verdad. Hemos cumplido con la cuota mínima, lo que quizás usted no sabe, es que nosotros ganamos más cuanto más material llevemos. La próxima incursión aquí puede tardar varios años y eso es mucho dinero. La compañía está lista para ofrecer el doble de dinero a los hombre y a usted por otra de esas jaulas— concluyó Eduard. El hombre de la GoldenSpace se sentía confiado de poder convencer a Partson.

George quedó abrumado por las palabras del veedor y nuevamente pensó en su familia. Sabía que su pago había sido excelente, pero el doble lo dejaría en condiciones de retirarse a una temprana edad y olvidarse de todos los problemas económicos para siempre. Por otra parte, ya había exigido mucho de Mirko y sus hombres. También pensó en Rose y su pérdida. La decisión era difícil de tomar y con algunas copas de más, prefirió tomarse un tiempo para responder.

—Eduard, necesito un tiempo para tomar esa decisión. Por favor, avise que en unas horas llegará un transporte para retirar la carga.

Acto seguido, el Comandante cortó la comunicación para que Eduard no tuviera chance de responderle. Luego tomó la botella de champagne, la vació en el excusado y la arrojó al suelo. Estaba harto de Eduard y de la GoldenSpace.

En un sector de la nave cercano al puerto de carga, había cabinas con simuladores de vuelo de todos los transportes. Los pilotos realizaban periódicamente prácticas para mantener sus habilidades.

Lily cansada de hurgar en la computadora deambulaba por la nave para pasar el rato. George aún no le había informado que la Doctora Rose requería de su presencia en Pandora. La joven genetista pasaba sus días en silencio. Era de cultura japonesa y la autodisciplina estaba instalada en sus genes. Siempre calma y asertiva aunque curiosa. Esto último la condujo hasta el lugar donde los pilotos hacían sus prácticas.

Alejandro no tardó en verla y le llamó la atención. No por ser mujer. La flota estelar estaba repleta de mujeres pilotos sino por ser una científica. Para él era un bicho de laboratorio. Aunque más adelante le demostraría que era muchos más que eso.

La joven se acercó algo temerosa hasta los hombres y preguntó si podía tomar clase en uno de los simuladores.

Randal, el técnico de esos equipos, era muy reacio a prestar los simuladores a cualquiera, pero se vio atraído por la belleza de Lily y sin dudarlo, le ofreció una clase en el simulador de transporte de carga. Alejandro quien estaba cerca le pasó su casco e invitó a subir a la muchacha al aparato. Esta quedó fascinada con el panel de control de la cabina. Todos esos botones, pantallas y luces la cautivaron.

—Lo primero es el cinturón de seguridad—dijo el piloto con tono de broma. Luego comenzó a mostrarle la rutina para encender la nave.

Lily estaba nerviosa como si fuera una nave de verdad y se puso tensa con los controles. Sin embargo, Alejandro era un gran maestro y con mucha simplicidad comenzó con la clase. Al piloto le gustaba mucho enseñar y era de esas personas que no se guardaba nada de lo que sabían y no lo hacía por lucirse. Era parte de él querer compartir sus conocimientos y sobre todo sus experiencias en vuelo.

Atardecía en Pandora cuando Akum emprendió su viaje de regreso a la montaña. Su hermana le alcanzó un saco con algunas nueces y frutos secos para el viaje. Le dio un abrazo con mucho amor como cada vez que partía. El líder de los centinelas era solitario y aunque estaba en edad de formar pareja, hasta el momento sólo se había dedicado a sus tareas como centinela y a cuidar de su hermana.

Pasó por la cueva donde se reunían sus compañeros y varios centinelas estaban alrededor de Tarko, quien estaba mostrando el cuchillo que había encontrado en el ataque al campamento.

—Eso no te pertenece—dijo Akum al entrar en la caverna. Los demás centinelas abrieron paso para que éste pudiera llegar hasta donde estaba Tarko, quien respondió.

—Lo encontré en la batalla. Es mío—respondió el centinela con enojo. Pero Akum sabía mas sobre el cuchillo de lo que Tarko suponía.

—Ese cuchillo le pertenece al guerrero que dejó vivir a nuestro compañero herido y voy a entregárselo cuando tenga oportunidad.

Con mucha frustración, Tarko lo clavó en el suelo y se marchó de la caverna, no sin antes empujar a Akum quien no le dio importancia y tomó el cuchillo del piso.

—Perdónalo, gran centinela tus palabras fueron sabias—dijo uno de los guerreros. Todos le tendieron la mano a Akum en muestra de gratitud y para pedir su perdón por el acto de su compañero. Para los Janak éste era un ritual que se hacía muy a menudo en la tribu. Demostraba unión y compasión entre sus miembros. Akum agachó la cabeza con gesto de aceptación y emprendió su camino hacia la montaña.

Eran ciertas las palabras del centinela Akum. De alguna manera lograría acercarse hasta Leonard y le entregaría el cuchillo. Quizás este simple acto traería paz o por lo menos esa era su intención. Guardó el cuchillo en el morral y continuó su marcha internándose en la jungla.

En la base, Leonard y sus hombres se preparaban para afrontar otra larga noche y los peligros que acechaban. Con la ayuda de Shuan y algunos operarios, reforzaron con bolsas de arena el lugar donde estaba el generador de energía a modo de trinchera. Otro grupo de hombres cavó una zanja para enterrar el cable de alimentación de energía. El sudor empañaba las máscaras de oxígeno y el sol se ponía en el horizonte cuando este puñado de valientes terminó con la tarea.

Mirko se acercó al Sargento y le pidió que lo acompañara dentro del habitáculo de herramientas para hablar en privado. El Ingeniero presentía que algo no andaba bien.

—Cada vez que oscurece aparecen los problemas—dijo Leonard ni bien cruzaron la escotilla y se quitaron la mascara.

—Es verdad, Sargento, pero lo traje hasta aquí porque creo que tenemos otro tipo de problemas, además de lidiar con las fieras y esos nativos—respondió Mirko frotándose las manos como alguien que tiene vergüenza de contar algo.

—Vale, hombre, ¿qué puede ser peor que ésto? Hasta un terremoto sufrimos y aquí estamos—contestó el Sargento confiado. El haber mantenido a raya a los nativos y forzarlos a una retirada la noche anterior, se veía como una victoria para el ex soldado francés.

El exceso de confianza con el que contaba ese día, le había hecho perder el foco de lo que estaba sucediendo a su alrededor.

—Me parecen extrañas dos cosas, Sargento—dijo Mirko para acaparar la atención y continuó—Si vamos a marcharnos pronto, ¿por qué aún no recogieron la carga y por qué nos mandan a construir una trinchera? ¿no le parece extraño?

Un sudor frío corrió por la espalda del Sargento. Tomó su máscara y limpió el vidrio con la mano. Meneó la cabeza a ambos lados y respondió.

—Estoy acostumbrado a seguir órdenes como buen soldado que soy, pero no sirvo más para el ejército francés—respondió con contundencia el Sargento.

—Por eso mismo, Sargento. Creo que llegó la hora de comenzar a hacer preguntas y las respuestas las tiene Eduard.

Rose salió con una pequeña mochila y comenzó a marchar en dirección al río. La mujer iba sola. Estaba decidida a recuperar algunas muestras y esa misma noche se encargaría de examinarlas. Aún no salía de su asombro y no entendía porqué se habían convertido en polvo. Quería hallar la razón de ello.

Sus ojos seguían cubiertos de lágrimas por la trágica muerte de Tomas. Había conocido al científico hacia algunos años y juntos habían compartido varias investigaciones.

Un hombre que estaba llevando basura a un contenedor, vio la figura de la mujer que se alejaba. Entró algo asustado al módulo y activó una alarma.

—Ya empezaron los problemas—se quejó Leonard mientras conectaba el oxígeno a su máscara.

Martin quien se hallaba deambulando por uno de los pasillos, vio al hombre que había activado la alarma y éste le contó lo que había visto. Tomó su radio y avisó al Sargento.

—Otra vez esa mujer. No puede quedarse quieta un instante; es un verdadero dolor de cabeza— Leonard estaba harto de la Doctora y en esta oportunidad se lo dejaría en claro. El hombre fue por su arma y regresó con dos guardias.

Rose ajena a todo ésto, comenzó a observar de cerca a las plantas y en un principio no notó nada extraño. Luego empezó a cavar con sus manos para observar las raíces y allí se encontró con una extraña sorpresa. Las raíces estaban todas interconectadas como si fueran una sola planta, a pesar que en apariencia eran distintas unas de otras.

Tomó de su mochila varios instrumentos, y encontró entre ellos un estetoscopio. Le parecía ridículo lo que estaba por hacer y comenzó a reír. Se colocó el estetoscopio y con cierta vergüenza lo apoyó en una de las raíces.

Todo lo que parecía obvio en la Tierra, en Pandora era lo opuesto. Un sonido tenue se escuchaba por el estetoscopio. No era un latido o un pulso. Era una especie de zumbido con un compás. Casi parecía música. Era algo francamente increíble.

Rose no salía de su asombro. Se puso de pie y comenzó a apoyar el aparato en todas las plantas. No hizo falta cavar para ver las raíces. En el mismo tallo, ramas y troncos de todas las plantas se escuchaba ese armónico zumbido. Rose conmovida por lo que sucedía, apoyó el estetoscopio en un árbol y lo abrazó logrando una conexión única con la naturaleza. Cerró sus ojos y se quedó un momento disfrutando.

Pasaron unos minutos de paz. Luego a pocos metros, una manada de animales la rodeaba y se acercaban a ella para atacarla.

Algo muy singular sucedió a través del estetoscopio. El zumbido cambió su ritmo y se escuchó mas fuerte. Entonces la Doctora abrió sus ojos y de inmediato presintió que algo no andaba bien. Se quitó el aparato de sus oídos para prestar atención a su entorno y escuchó una especie de ladridos que se acercaban.

La oscuridad se iba apoderando del bosque a cada instante.

Rose aterrada apoyó sus manos en el árbol y pidió a Dios por ayuda. Pudo ver a los animales que la amenazaban. Estos se acercaban lentamente y agazapados mostraban sus fauces llenas de dientes. Aquellos segundos fueron eternos para Rose.

Sin embargo, luego de un momento sucedió algo maravilloso. Todas las plantas se iluminaron con un color blanco violáceo. Las ramas de los árboles y plantas comenzaron a moverse. Por la mente de Rose se escuchaba ese zumbido pero ahora ella podía oírlo sin el estetoscopio. Este se hizo más y más fuerte y la Doctora se desvaneció cayendo al suelo.

Los animales se retiraron rápidamente del lugar espantados por el sonido. Sólo quedaba Rose envuelta en un sueño profundo con mucha paz.

Leonard junto a Mirko y unos hombres buscaban a la Doctora por el sendero equivocado. Sin embargo no estaban muy lejos y uno de los guardias vio la luminiscencia de las plantas. Alertó al Sargento y el grupo de hombres se dirigió al lugar. Intentaron gritar su nombre pero con las máscaras de oxígeno era inútil, entonces Mirko tuvo la brillante idea de aplaudir. Todos comenzaron a hacerlo con fuerza mientras caminaban, pero no fue hasta que estuvieron a pocos pasos, que Rose al escucharlos recobró la conciencia. Se puso de pie saliendo entre las plantas con su cuerpo cubierto de una especie de polen fluorescente.

El Sargento fue el primero en verla y le apuntó con el rifle asustado. Luego la reconoció y dijo.

—¡Usted sí que nos va a matar del susto señora!

Leonard caminó unos pasos y comenzó a reír a carcajadas. Su máscara se empañó por la risa.

—¿Qué es tan gracioso?—regañó Rose, tratando de limpiarse la ropa inútilmente ya que el polvo era pegajoso.

—¡Parece un maldito árbol de navidad!

Rose tomó su mochila, le dijo al Sargento que era un insolente y comenzó a marchar hacia la base. Los hombres no comprendían que había sucedido, sólo la observaban y se reían, aunque esta vez la siguieron de cerca.

Ya era de noche cuando el grupo de hombres llegó a la base. Martin hacía fila en el comedor para tomar su ración de alimentos. Vio a Eduard quien estaba rodeado de algunos trabajadores y sobre la mesa había varias computadoras. Parecía una reunión de trabajo. El Ingeniero tenía la esperanza de regresar pronto a la tierra, pero el simple hecho de ver a Eduard tan compenetrado en su discurso, lo hacía pensar que algo no encajaba.

Al hombre le habían amputado una pierna hacía unos días y estaba en una charla de trabajo como si nada hubiera sucedido. Luego de recibir su bandeja con alimento, se acercó hasta ellos y se sentó en la mesa de al lado para escuchar la conversación. No quería ser indiscreto y participar de una reunión donde no lo habían invitado, pero la curiosidad de saber de qué estaban hablando era más fuerte que él.

Tomó su tenedor, agachó la cabeza y comenzó a comer el arroz de su plato. Algunos de los hombres que estaban con Eduard se quejaban y uno de ellos se levantó de su silla y marchó fastidiado.

Eduard vio a Martin y gracias a este hombre que se marchó y lo invitó a su mesa.

—Ingeniero, que bueno verlo. Por favor, comparta la mesa con nosotros—pidió el hombre y luego hizo un ademán para que se sentara con ellos.

Martin aceptó la invitación con algo de temor, pero tomó su bandeja y se sentó. Extrañamente todos los hombres que estaban se levantaron y dejaron solo al Ingeniero y el veedor.

—Primero quiero volver a felicitarlo a usted y a Mirko por el gran trabajo que han hecho. La compañía va a estar muy contenta por sus logros—dijo Eduard a modo de halago para romper el hielo ya que veía al Ingeniero algo nervioso.

Martin aceptó el cumplido moviendo su cabeza con aceptación y el veedor continuó.

—¿Usted sabe aproximadamente el valor de la carga que han recogido?—preguntó con una sonrisa y luego cruzo sus brazos.

—Sé que es mucho dinero, pero no tengo idea. Lo mío es encontrar las rocas—respondió Martin como quitándole importancia al asunto.

—Bueno, le voy a dar una idea. Mil millones de dólares aproximadamente. Cada kilo de esas rocas vales cien veces más que el oro y aún no cotiza en el mercado. Además, no existe en la tierra este mineral. Es único y limitado.

Martin tragó saliva y recordó que tenía una de esas rocas del tamaño de una manzana, flotando alegremente sobre su cama.

Eduard le mostró la pantalla de su computadora. Allí veía la jaula con las rocas a la cual le habían soldado unas placas metálicas para proteger el interior y tenía la apariencia de un contenedor marítimo.

—Por supuesto que el valor del que le hablé es totalmente confidencial. Los hombres saben que es valioso, pero no saben cuánto—comentó Eduard y luego se reclinó hacia atrás en su silla.

—Bien. ¿Y cuándo volvemos a la tierra? Parece que ya ganaron más que suficiente—respondió Martin señalándolo con el tenedor.

Hubo un silencio muy incómodo que duró algunos segundos. Mirko y el Sargento entraron al salón y al ver a Eduard y Martin, fueron directamente donde ellos se encontraban.

Eduard al ver que se dirigían hacia allí abrió sus brazos invitándolos a que tomaran asiento.

Esta era la oportunidad de poner al tanto de sus planes a Mirko y su equipo de tareas. Aún no tenía la confirmación de Partson, pero si lograba convencerlos sería todo mas fácil.

—Ingeniero, estaba teniendo una charla con su colega. Necesito hablar con usted y con Martin. —dijo Eduard con seriedad. El Sargento se retorcía de las ganas de decirle algo, pero entendió que él no debía participar de la reunión ya que no era de su incumbencia.

El ruso corrió la silla hacia atrás, se sentó y quitó su máscara de oxígeno. Solamente con ver la cara de Martin se imaginaba que no tendría buenas noticias. Como la incertidumbre no era lo suyo, fue directamente al grano del asunto.

—Vamos a quedarnos un tiempo más, ¿verdad?— preguntó y tomó un trago de café de la taza de Martin.

Eduard mostró las manos sorprendido e hizo un gesto de aceptación con la cabeza. Frunció los labios y respondió.

—Es verdad, pero antes de que se altere sólo déjeme decirle algo.

Mirko se levantó furioso de su silla, agotado por tanto estrés e increpó a Eduard.

—Usted nos dijo que si completábamos esa carga regresaríamos. No me importa su maldito dinero ni la maldita compañía. Mis hombres dejaron la vida por esas rocas.

Martin aún sentado, lo tomó del brazo para intentar tranquilizarlo y dijo.

—Espera. Vamos a escuchar lo que tiene para ofrecernos. ¡Cálmate! Sólo démosle una chance.

—Ingeniero, entre en razón por Dios. Trajimos equipos y alimentos para meses o tal vez años. Lamento sus pérdidas, pero es la oportunidad de nuestras vidas. Aguarde un instante—respondió Eduard con enojo y comenzó a hurgar en la computadora.

Martin estaba impaciente. Sabía que la cifra sería astronómica.

—¡Bingo! Aquí está—exclamó. Eduard giró la pantalla del aparato para que todos pudieran verla.

En la computadora, un memorándum decía que de lograr una segunda carga, habría una remuneración extra de cincuenta millones de dólares para el equipo de minería.

—Imagine, Ingeniero, ¿cuántos son ustedes? Doce o quince. Puede ofrecer tranquilamente un millón a cada uno y el resto es para usted y Martin. No esta mal, ¿verdad?.

Martin largó una carcajada de los nervios. Esto no era ni por asomo lo que él pensaba. Sólo una jaula más de esas rocas y no tendría que trabajar por el resto de su vida. Ni tampoco ninguno de los que formaban parte del equipo minero. La oportunidad al parecer era insuperable.

Sedoff se agarró la cabeza. No podía procesar los números. El casi medio millón que le habían ofrecido por ir, era la nada misma comparada con esta oferta. Pensó en Shuan y su familia. También en los demás hombres a los cuales conocía poco debido al idioma, pero que fieles a él, lo habían acompañado en muchas misiones. Sería un último esfuerzo para coronar la carrera de todos. Sólo un último esfuerzo.

Pasaron unos segundos en silencio. La ira de Mirko se había diluido. El Ingeniero se puso de pie con serenidad y apoyó sus manos en la mesa. Luego exclamó.

—¡Llame a Partson y dígale que bajen ese maldito equipo!

Una sonrisa de mucho alivio se dejó ver en la cara de Eduard, pues todo dependía de Mirko y sus hombres.

—Me alegro por su decisión, Ingeniero. ¡Estamos de vuelta!—dijo el veedor con entusiasmo y alivio.

—Ahora voy a hacer los arreglos. Usted descanse. La noche es larga en Pandora. Cuando amanezca comenzaremos la nueva exploración—concluyó el hombre apretando su puño. Luego pidió a un muchacho que lo condujera hasta la sala de comunicaciones en su silla de ruedas.

Todo parecía perfecto para Eduard, hasta que Leonard quien se había quedado cerca y escuchado prácticamente todo, se acercó tapando el paso del corredor donde debía pasar Eduard con su silla de ruedas. El francés levantó su pierna derecha y puso su botín en la entrepierna de Eduard.

—¿Qué está haciendo, Sargento? ¿está demente?—reaccionó el veedor mirándolo a los ojos. El hombre de New York no se dejaba intimidar fácilmente.

—¡Sólo le voy a decir una cosa! Cuando estos nativos regresen con sus amigos, yo no voy a estar aquí para cuidar su trasero.

Luego quitó su botín de los genitales del hombre y dejó que se marchara.

Martin quien estaba observando lo que sucedía, llamó al Sargento quien de mala gana se acercó.

—Sé lo que está pensando, Sargento. Créame que lo entiendo, pero tenemos una oferta para usted.

—¡Ya cállese, idiota!—interrumpió abruptamente Leonard. Hubo un silencio y Mirko se puso de pie.

—No importa el dinero que le hayan ofrecido, ya tienen su maldita carga. Nosotros sabemos lo que hay allí afuera, esos nativos van a regresar.

Una silla salió volando de un puntapié. Martin levantó las manos pidiendo calma. El Sargento lo apuntó con su puño y dijo.

—No me interesa ser el más rico del cementerio, ¿comprende?

Luego el hombre aún furioso recogió la silla del suelo y la acercó hasta la mesa. Martin tuvo la intención de volver a hablarle, pero Mirko lo tomó del brazo para que hiciera silencio y le dijo.

—Déjalo tranquilo que se calme. Luego le hablamos; el hombre esta bajo mucho estrés.

—Tienes razón. Lo mejor será ir a descansar. La oferta de Eduard es increíble pero también tengo miedo que el Sargento tenga razón—respondió Martin dubitativo.

—Entonces será mejor que busques un lugar lejos de esos nativos para hacer la extracción— respondió Sedoff. Tomó su máscara de oxígeno y se marchó del lugar.

Martin tomó asiento nuevamente. La sala comenzó a llenarse de operarios hambrientos. Había mucho bullicio pero el ingeniero estaba tan compenetrado en sus pensamientos, que no notó que la Doctora Rose se sentaba justo en frente de él hasta que escucho un ¡hola!.

—Doctora Rose, disculpe, ¿cómo se encuentra?— preguntó Martin algo incómodo. Rose se veía espléndida y de buen humor.

—Estoy fascinada con este planeta. Ya sé que extremadamente peligroso, pero aquí la vida es muy diferente a la de la tierra—respondió Rose y siguió hablando de lo maravilloso que le parecía el lugar.

Sin embargo, Martin no le puso atención. En su mente las palabras del Sargento retumbaban como el sonido de un martillo. Se estaba arrepintiendo de haber aceptado la oferta de Eduard.

Pero ya era tarde para arrepentimientos. En la nave principal se hacían los preparativos para el viaje del transporte con los equipos y demás pertrechos.

Eduard había sido muy hábil con su maniobra de convencer a Mirko y sus hombres. Al Comandante Partson no le quedó más remedio que continuar con la misión. Si bien era el Comandante, no tenía un rango militar y era en resumidas cuentas, un empleado más de la corporación.

Lily y Alejandro terminaban la segunda clase de instrucción de vuelo. La genetista estaba fascinada con el simulador y hasta le parecía sencillo operar la nave.

Un hombre se acercó hasta ellos enviado por el Comandante a entregarles instrucciones.

—Señor, el Comandante Partson lo solicita de inmediato—dijo el mensajero y le entregó una tarjeta de autorización para entrar a la sala de reuniones del puente de mando.

—Se acabó la diversión, Lily. Espero le haya gustado—dijo el piloto tomando el casco de la muchacha.

—Señorita Yamato, usted también tiene que concurrir a la reunión—continuó el mensajero y entregó otra tarjeta a la muchacha. Luego pidió que lo acompañaran. La nave era muy grande y sólo las personas de mayor jerarquía conocían dónde estaba el lugar.

—¿Pero qué sucede? Mi jefa me dijo que debía permanecer aquí para analizar las muestras. No entiendo el apuro—dijo Lily a Alejandro.

La joven empezó a sentir miedo y un sudor frio caía por su espalda. Había escuchado varios comentarios de lo que sucedía en Pandora y recientemente se había enterado de la muerte de uno de los asistentes de Rose. Bajar al planeta no estaba en sus planes, pero al ser llamada a hablar con el Comandante, era casi un hecho que lo haría. Los corredores de la nave se hicieron interminables para la joven de Osaka, quien ya había recorrido medio mundo antes de poner un pie en la nave estelar.

Entraron al salón y lo primero en ver fue un holograma de la base y sus inmediaciones. El Comandante lo observaba en silencio acompañado de una taza de café aún caliente. Al verlos los invitó a tomar asiento y apagó el holograma.

—Lástima. ¡Se veía fantástico!—dijo Lily. El Comandante sonrió a la joven y Alejandro se levantó para servir una taza de café a su compañera.

—Disculpe mi falta de cortesía, señorita Yamato. He estado pensando en mil maneras de decirle ésto, pero realmente no la he encontrado—dijo George y tomó un sorbo de su café.

Lily tragó saliva asustada y pensó que iba a desmayarse en ese mismo momento.

—Pero voy a ser honesto con usted. La Doctora Rose perdió a sus dos asistentes y la necesita allá abajo. Sé que escuchó cosas muy desagradables de Pandora, pero lo que sí le puedo garantizar es que la base es segura—concluyó Partson y frotó sus manos. Sabía que aún había algo más que ambos debían saber antes de partir hacia Pandora. Ese algo era el verdadero motivo de la reunión.

La puerta se abrió y un joven negro de pelo corto teñido de rubio entró con una carpeta bajo el brazo. Se acercó y tomó asiento al lado del Comandante.

—Señores, él es Roland Harps. Trabaja en el proyecto Neurogénesis—dijo George presentando al hombre con formalidad.

—Gracias por venir a la reunión. ¿Alguno conoce algo del proyecto?—preguntó el hombre mientras hojeaba la carpeta.

—Escuché algo así como manejar la mente de un animal o algo parecido—comentó Lily con interés.

—Bueno, es un poco más que eso—respondió Roland. Luego tocó la computadora que estaba incrustada en la mesa y un holograma de un cerebro apareció ante ellos.

—El cerebro humano es mucho más que conexiones neuronales. Las ondas cerebrales viajan por kilómetros. Por eso los gemelos siempre saben lo que le sucede al hermano. No comprende porqué, pero sabe de su estado de ánimo, tristeza, alegría, etc.

Todos estaban iluminados por las palabras de Roland y al verlos este continuó.

—Bien. Ahora imaginen que podemos crear gemelos de cualquier especie. Vivir la vida de uno de ellos, aunque sea de manera transitoria a través de un enlace neuronal.

Hubo un silencio en la sala que duró unos instantes. Alejandro levantó su mano para hacer una pregunta, pero el Comandante con un ademán pidió que se abstuviera y Roland continuó.

—Sé que tienen miles de preguntas, pero el tiempo apremia. Sólo piensen en una comunicación telepática pero de alto nivel. De esta manera podríamos conocer en profundidad a los individuos—concluyó el experto.

—Ustedes saben de la existencia de estos nativos entonces—dijo el piloto y se puso de pie.

—Tome asiento, Teniente, aún no hemos terminado—dijo Partson con tono firme.

—No entiendo que tenemos que ver nosotros en este asunto—respondió Alejandro levantando sus manos.

—El equipo del señor Roland viajará con ustedes a Pandora con el fin de capturar a uno de esos nativos. Solamente quiero que esté al tanto y en cuanto a usted, señorita, necesitamos su colaboración en lo que pueda ayudar.

Las cartas estaban sobre la mesa. Alejandro tendría que ser partícipe necesario puesto que el Comandante confiaba en él. Lily debería dar apoyo al equipo de Roland, a pesar de que su jefe directo fuera Rose.

Ahora la joven comprendía el porqué del gran interés en contratarla y el porqué de su rápido entrenamiento, en el que a pesar de haber fallado en varias pruebas, se le dio luz verde para ingresar en la expedición.

Simplemente con sólo mirar una cadena de ADN, Lily podía descifrar decenas de cosas de un ser vivo sin siquiera ingresar los datos en una computadora.

Tenía un talento natural para el análisis genético y había experimentado con clonaciones.

Sin embargo, controlar a animales o personas a través de un clon, el cual sería una especie de avatar, le parecía algo aberrante. Amante de la naturaleza igual que su jefa y amiga Rose, le parecía impensado colaborar en una tarea así. Sentía un nudo en el estómago al punto tal que cuando llegó a su habitación, vomitó de los nervios.

Batisttone aguardó en la puerta de la oficina del Comandante por un buen rato. Quería hablarle. Se escucharon unos pasos en el corredor y George apareció.

— ¿Me está siguiendo, Batisttone?—dijo el hombre. Luego miró en una pantalla y la puerta de la oficina se abrió. Por cortesía lo invitó a pasar y tomaron asiento en su escritorio.

Alejandro no entendía el porqué de querer capturar a unos de esos seres y el peligro que ésto implicaba, le parecía excesivo después de todo lo que había vivido con él.

—¿Recuerda cómo nos salvamos por poco de la caída del helicóptero?—preguntó el piloto sabiendo la respuesta.

—Aún me duele la nuca y los hombros del golpe—respondió George y continuó.

—No tiene porqué temer, Batisttone, usted no tiene que capturar a nadie. Sólo llevar y traer. Esa es su parte en todo ésto.

—De acuerdo, George, sólo déjeme decirle ésto. De todas las malas ideas que tuvieron, ésta es la peor de todas—respondió el piloto. Se puso de pie pidiendo permiso y se marchó.

No había nada qué hacer. Cuando Partson tomaba una decisión era implacable. A pesar de tener el aspecto de una persona conciliadora, era un hombre inflexible.

La noche era tranquila en Pandora y caía una lluvia suave. La mayoría de los hombres dormía. Sólo los guardias y un desvelado Martin compartían una taza de café en el módulo comedor.

En su cabeza el Ingeniero buscaba la forma de hallar un nuevo yacimiento, pero no conseguía nada con la información topográfica que tenía el computador. Pidió a un guardia que lo acompañara hasta el módulo almacén. El hombre lo miró como si fuera un loco.

—No se asuste. Sólo tenemos que cruzar unos metros y está todo iluminado—dijo Martin con una ferviente sonrisa en su rostro mientras le alcanzaba una máscara de oxígeno.

Luego de hurgar un rato entre varios despojos, hallaron lo que Martin estaba buscando. Era una caja que contenía un dron.

—¡Excelente! ¡ésto es lo que necesito!—exclamó el Ingeniero con entusiasmo. Martin era una especie de fanático de los drones y desde que había puesto sus manos en uno, siempre lo llevaba a cualquier trabajo que hacía.

—¿Ya podemos irnos?—dijo el guardia asustado. El hombre no dejaba de mirar hacia el exterior por la ventana del habitáculo. Martin lo observó y vio que la linterna que traía en la mano el guardia, no paraba de temblar como si fuera una gelatina.

El Ingeniero alzó la caja y salieron del almacén. Se escuchó una especie de alarido y ambos apuraron el paso. La distancia era muy corta y ningún animal se acercó lo suficiente como para hacerles daño.

Los hombres entraron y otro guardia trancó la puerta con fuerza. Martin apoyó la caja en el suelo y se dispuso a preparar el dron para el vuelo.

DIA 4

Un solitario Akum se habría paso entre la jungla. El formidable guerrero dotado de habilidad y fuerza, ganaba terreno rápidamente. Sólo se había detenido unos minutos para comer algunas de las nueces que le había dado su hermana. Ahora bebía agua de un arroyo antes de escalar la parte mas empinada de la montaña. Su vista era similar a la de los felinos terrestres y podía ver en la oscuridad casi con la misma claridad que durante el día. La naturaleza los había preparado para las largas noches de Pandora y era muy difícil que algún animal lo sorprendiera.

Se escuchaba todo tipo de sonidos que pondría en pánico a cualquier persona, pero Akum era parte de ese todo y no temía a la montaña. Saltaba de roca en roca con agilidad y mucha concentración hasta llegar a la explanada en una saliente de la montaña.

El lugar era muy conocido por él quien había pasado muchas noches allí y era uno de sus puestos de observación favoritos.

Las luces de la base iluminaban el cielo tenuemente entre las penumbras de la noche. Era como un faro para Akum quien podía verlo con claridad desde esa gran roca. Dejó su arco a un costado, se sentó, cruzó sus piernas y sólo se dedicó a contemplar el lugar.

Pensaba en cómo podía acercarse a ellos sin parecer una amenaza. Tal vez si entregaba aquel cuchillo como acto de buena fe, sería la oportunidad de poder hacer las paces con estos seres.

Tal vez le traería reconocimiento entre los suyos y sobre todo ante el líder.

En el consejo tenía varios rivales que estaban planeando hacía tiempo quitar a los centinelas de este lugar privilegiado y de esta manera, concentrar el poder del clan en menos personas. Pero hasta el momento, el Líder no había accedido a la petición de estos miembros, los cuales seguían los pasos de Akum. Uno de ellos era hermano de Raman y por eso Akum delante de él, actuaba de la manera más correcta posible. Sabía que con cualquier error el joven lo expondría.

Sin embargo, para el gran centinela todo ésto había cambiado con la llegada de estos seres. Su disputa territorial con los Akina era cosa del pasado.

Esperó hasta que las primeras luces del amanecer iluminaran la montaña. El cielo rosado de Pandora era un espectáculo en sí mismo. Las flores se abrían y decenas de animales voladores buscaban alimento entre ellas.

Akum tomó de su morral el cuchillo del Sargento y lo observó detenidamente. No entendía como aquella pieza estaba confeccionada con tanta precisión. Pasó su dedo por la hoja y notó que el filo era extraordinario. Entonces tomó una de las nueces para cortarla. Un ave de rapiña se acercó hacia él para atacarlo pero Akum fue más rápido. Con un solo golpe le cortó un ala a la bestia, quien luego de un alarido, cayó por el risco estrellándose en la base de la montaña.

Era momento de ponerse en marcha. Pandora había despertado.

En la base Martin terminaba la configuración del dron y salía al campo para probarlo. El aparato remontó el cielo rápidamente y comenzó a enviar imágenes a la computadora del Ingeniero.

Mirko ya despierto, se acercó hasta la pantalla de Martin que estaba sobre el capot de uno de los camiones. El Ingeniero disfrutaba un poco del vuelo del dron antes de ponerse a trabajar.

—¡Buen día, Ingeniero, llega justo para ver las bondades de esta maravilla!—comentó Morgan como un niño con juguete nuevo. Luego apretó un botón en la computadora y el aparato encendió el scanner topográfico.

—Espero que encuentre algo rápido porque quiero terminar con ésto antes que nos maten a todos—respondió Mirko de mala gana.

—Difícil. Esta zona ya fue explorada, pero pensándolo bien, no encontrar nada aquí es la excusa perfecta para largarnos. Pensé en el dinero, pero aprecio más mi vida—respondió Martin Morgan. El sabía que no encontrarían nada allí, puesto que otros vehículos habían explorado el área durante varios días y sólo encontraron el yacimiento en el que habían trabajado.

En la nave principal, Batisttone junto a Roland y su gente subían a un transporte. Lily sólo llevaba su computadora personal y una pequeña mochila. Se sentó en la parte trasera de la nave y ajustó su cinturón de seguridad mientras observaba a los hombres de Roland subir todo tipo de aparatos. Uno de ellos le puso la piel de gallina; una cápsula contenedora de criogenia, similar a las que les había dado soporte vital en el viaje a Pandora, era parte del equipaje.

El hombre hablaba en serio cuando dijo que capturarían a uno de los nativos. La joven tragó saliva y quitó su vista del aparato.

Alejandro se acercó hasta ella y puso su mano en su hombro como un padre que da consejo a su hija.

—Tranquila. Es casi imposible que atrapen a uno. Yo sé lo que te digo—dijo el piloto con confianza.

El había estado cara a cara con estas criaturas y sabía que Roland y un puñado de hombres, no tendrían chance alguna de atraparlos.

Unos minutos más tarde dos naves de transporte comenzaron su viaje hacia Pandora. El descenso turbulento como casi siempre, sacudía a la nave de un lado a otro hasta que entraron en la atmósfera. LiLy no dejaba de mirar por la ventana y se aferraba al asiento casi con desesperación. En unos pocos minutos el transporte tocó el suelo. Los propulsores se apagaron. Hubo un silencio general y la compuerta principal se abrió.

Al pie de la nave, parado sobre unas muletas, Eduard aguardó el descenso de Roland y sus hombres.

Lily fue hasta la cabina principal y le pidió al piloto que la acompañara a ver a Rose. Pero no hizo falta ya que la Doctora entró en el transporte y la sorprendió con un abrazo fraternal.

—Bienvenida a Pandora. Me hiciste mucha falta— exclamó Rose y unas lágrimas se escapaban de sus ojos.

La joven sólo la abrazó, pero el miedo no la dejó disfrutar del momento y sólo atinó a decir.

—¿Viste esa cápsula? Van a capturar a uno de los nativos.

La Doctora soltó a la muchacha y se dirigió hacia donde estaba la cápsula con Lily, pero unos hombres les pidieron que se apartaran del lugar de una manera poco amable.

Rose luego de todo lo que había vivido y sobre todo por su experiencia en el bosque, cambió rápidamente lágrimas por furia y se marchó al encuentro de Roland.

El hombre de Biogénesis compartía una taza de café con Eduard. El era casi tan importante como el veedor puesto que la compañía a la que representaba, había invertido una cantidad sideral de dinero. Proveían de todas las cápsulas de criogenia y soporte vital de las naves estelares.

Rose irrumpió en la sala junto con Lily. Roland quien conocía del mal humor de la Doctora, se adelantó un paso y abriendo los brazos exclamó.

—¡Doctora! ¡Qué placer verla por aquí! Se ve esplendida.

Pero el hombre moreno de cabellos rubios no tuvo suerte. La Doctora tomó una botella de agua que estaba sobre una de las mesas y se la arrojó con fuerza. Sin embargo, la puntería no era precisamente una de las virtudes de Rose y ésta pegó de lleno en la cabeza de Eduard quien quedó empapado por el agua.

—¡Se volvió loca, señora!—exclamó Eduard y de inmediato miró a uno de los guardias. El hombre comprendió y se dirigió hasta el lugar para contener a Rose, la cual lo quitó del camino y exclamó apuntando con su dedo índice.

—Ustedes son peor que los nazis. Sólo que lo venden diferente.

Roland comenzó a reír con algo de sarcasmo. Se puso de pie y respondió.

—Esto es es el futuro y es ciencia. No somos unos criminales, sólo que usted sigue hurgando entre huesos y no ve el futuro, señora.

Rose tomó una bocanada de aire para intentar relajarse. Lily la aguardaba en su módulo. Ya no quería perder el tiempo con el sujeto.

—La vida es más hermosa y compleja de lo que usted y su diminuto cerebro pueden ver. No le voy a desear suerte pues no la merece.

Eduard se puso de pie apoyándose en una muleta. Aún le dolía la pierna por la amputación, pero ya no soportaba la silla de ruedas. Roland le tendió una mano para que se incorporara.

—¡Veo que ustedes ya se conocían! Eso me ahorra trabajo—dijo el veedor mientras observaba como Rose se alejaba el lugar.

La Doctora estaba en lo cierto. La vida en Pandora era maravillosa y compleja, pero había mucho mas en aquel distante planeta. Una civilización milenaria y organizada se preparaba para la batalla.

Los mensajeros habían regresado hasta la gran piedra de los Janak pero no volvían solos. Decenas de guerreros de diferentes clanes los acompañaban. Un ejército se estaba formando en el interior de esa jungla peligrosa y casi impenetrable.

La aldea estaba llena de ellos. Muchos debieron esperar fuera ya que no cabían en el lugar. El líder de los Janak subió a la piedra. Raman lo observaba desde lo bajo pero a poca distancia. Ya repuesto de su cansancio pero aún dolorido por las heridas, tenía mucho para decir en frente de todos.

Las grandes lanzas, hacían estruendo golpeadas en el suelo de la selva, impacientes por las palabras del líder. Este levantó su brazo derecho y todos hicieron silencio.

—Hermanos, amigos. Sé de nuestras diferencias pero sin embargo, somos todos hijos de la gran Diosa de la Vida y nos necesitamos unos a otros. Unos seres han llegado desde los cielos y sabemos muy poco de ellos—dijo el líder y el público comenzó a murmurar.

La voz se había corrido rápidamente y todos los presentes querían saber más acerca de estos seres que llegaban de las estrellas.

Raman levantó su lanza como pidiendo la palabra y los demás centinelas formaron un círculo a su alrededor.

—Gran líder, te honramos y creemos en tu sabiduría, pero hemos perdido a un hermano y aún sufro las dolencias de luchar contra ellos. Te pido en nombre de tus hijos, una sola cosa: venganza—exclamó Raman con bravura y varios de sus compañeros alzaron sus lanzas en apoyo a sus palabras.

El líder levantó sus brazos. Estaban arrugados y llenos de cicatrices por las batallas. Las heridas eran muy evidentes y denostaban respeto. Todo el mundo hizo silencio nuevamente y el anciano volvío a hablar.

—Sé que nuestro hermano descansa en los brazos de la gran Diosa. Ahora encontró la paz y vivirá por siempre en su interior. Nosotros los que aún estamos aquí, debemos ser prudentes y aguardar noticias de Akum. No hay necesidad de derramar más sangre—respondió el líder con firmeza para calmar los ánimos del público. Sin embargo, el viaje de los mensajeros no había traído sólo guerreros. Canami, el hijo del líder del clan vecino había venido con los suyos. Este se abrió paso hasta donde se encontraba Raman. Lo tomó por el hombro y dijo.

—Gran Janak. Nuestros guerreros no viajaron hasta acá para nada. Su centinela tiene una noche. Si no regresa, tomaremos una decisión. Hemos dejado nuestra familia y no sabemos si hay más de ellos en la sagrada tierra.

A pesar de sus palabras sabias, el Líder se sintió inferior ante la fuerza y juventud del guerrero del clan vecino. Todos clamaban venganza, hasta los más cercanos del consejo. El anciano estaba solo sin Akum y no le quedó más remedio que acceder a la petición de Canami.

Todos los guerreros estaban esperando algo más del líder Janak. Quizás ya estaba viejo para ir a la guerra, pero por lo que le habían contado sobre estos seres del cielo, no parecía la mejor idea enfrentar a los invasores. Al menos hasta saber más de ellos.

La última guerra se había llevado a muchos de sus mejores amigos y gran parte de su juventud. Las marcas en su piel por las heridas en batalla eran el fiel recuerdo de las luchas. Sin embargo, la mayoría de los guerreros eran jóvenes como Raman y no sabían del verdadero dolor a que ésto lleva y su pérdida.

El anciano líder se retiró a su aposento para descansar. Su esposa ordenó a las mujeres de la tribu que sirvieran de comer y beber a los recién llegados y así calmar sus ansias.

Akum, con energías renovadas, descendía la colina en dirección a la base cuando se topó con el dron de Martin. Estaba sobrevolando el área en busca de un nuevo yacimiento.

El guerrero vio el aparato y por instinto se ocultó entre la maleza para no ser visto. El no sabía lo que era aquel objeto y qué hacía, pero tenía la absoluta certeza que pertenecía a los visitantes.

El dron pegó unas vueltas por el lugar y luego desapareció. Akum se puso de pie y retomó la marcha con cautela.

En el módulo de Rose, la Doctora preparaba sus cosas para una nueva incursión en el terreno. La joven Lily no parecía muy entusiasmada con la idea, pero allí estaba y tendría que acompañar a su jefa.

Rose notó la cara de susto de su joven compañera, sonrió y dijo.

—Vamos. Un poco de ánimo. No es tan malo como crees. Las mañanas suelen ser muy tranquilas. Además ya conozco el lugar.

Lily soló bajó su cabeza con resignación y la Doctora sacó de su mochila una pistola.

—Me la dio Leonard. No sé si lo sabes, pero fui campeona de tiro en mi juventud. Ponete esta mochila. Partimos en cinco minutos.

El Sargento quien ésta vez sí sabía que la Doctora dejaría el campamento, tomó de entre sus pertrechos un localizador de emergencia y se lo alcanzó a Rose. La pistola le sería de ayuda, pero este aparato le daría una seguridad extra.

—Rose, disculpe que otra vez la moleste. Le traje este transmisor de emergencia. Si algo sucede, sólo oprima el botón. La luz parpadeante indica que está enviando una señal. Tiene diez kilómetros de alcance.

Lily lo tomó de la mano de Leonard y lo guardó en su mochila.

—Gracias, Sargento. Sólo iremos hasta el río. Regresaremos en un máximo de tres horas.

—Disculpe mi insistencia, pero ¿seguro no quiere que la acompañe alguno de mis hombres?—dijo Leonard con preocupación.

Rose volteó y vio nuevamente a Lily con miedo. Entonces aceptó la oferta del sargento.

—De acuerdo, Sargento, con un hombre bastará. Le repito que vamos hasta el rio y desde aquí puede vernos.

En el exterior, Martin con algo de resignación guardaba el dron en su caja. El aparato había escudriñado el terreno durante unas horas, pero no había hallado nada. Mirko palmeó su hombro y dejó que el Ingeniero se ocupara del equipo.

Roland llegó hasta donde estaba Martin junto con dos hombres que cargaban una caja plástica. El moreno de pelo rubio siempre caía en gracia entre colegas. Era carismático y no tardó mucho en entablar una conversación con Martin que ya se retiraba el lugar.

—Buen día, ¿vio algo interesante con su dron?— preguntó con una sonrisa amigable.

—Sólo tierra y algunos animales—respondió el Ingeniero quien accionó el cerrojo de la caja para cerrarla. Luego la cargó para marcharse.

—Descuide, Ingeniero. Con certeza encontrará lo que busca. El lugar es enorme. Yo traje mi propio juguete—respondió Roland y sus acompañantes comenzaron a armar un robot similar a una araña terrestre. El aparato era escalofriante. De sólo verlo daba miedo. De color camuflado, sería fácil que se confundiera con la vegetación del lugar.

—¡Qué demonios es eso!—dijo Martin con más miedo que asombro.

—No se asuste, hombre. Es el URA o unidad de rastreo autónomo. Está diseñado para patrullaje y búsqueda de vida inteligente.

Los hombres accionaron un interruptor y una luz roja se encendió en el aparato. Sus piernas se levantaron y dos cabezas giroscópicas comenzaron a escanear el terreno. La máquina estaba preparada para la acción.

—Señor, está lista, ya podemos largarla—dijo uno de los hombres. Roland asintió con la cabeza. El robot hizo un sonido como el de una alarma y luego comenzó a caminar rápidamente por el terreno perdiéndose entre la maleza.

—Con certeza va a encontrar algo por aquí. Espero tenga un buen seguro para su juguete—bromeó Martin quien se tranquilizó al ver que el aparato se había marchado.

Roland le regaló una sonrisa falsa. El confiaba en el aparato. En la tierra había encontrado a decenas de hombres buscados por la justicia.

Comenzaba la tarde en Pandora cuando Rose junto a Lily y uno de los hombres de Leonard, salían de la base. El Sargento los vio y por precaución tomó dos tanques de oxígeno extra y se acercó hasta la Doctora, quien ya caminaba firmemente hacia el río.

Pero en ese instante tuvo una corazonada y regresó rápidamente por su rifle que estaba en el módulo de monitoreo. El lugar estaba cerrado y tuvo que esperar unos minutos hasta que uno de los hombres regresó. Tomó el arma y salió a toda prisa en busca de Rose quien ya se había perdido de vista entre los árboles.

—¡Otra vez no! ¡qué desgracia con esta mujer!— pensó Leonard en voz alta y aceleró el paso para intentar alcanzarla.

Rose tomó un sendero que al parecer era el camino de algún animal y le pidió al guardia que fuera al frente por precaución. Caminaron un largo trecho y luego se comenzó a escuchar el rugir del río cada vez más fuerte. Una pequeña cascada con un salto de unos diez metros estaba frente a ellos. El lugar era de ensueño. Toda la margen del río cubierta de flores naranjas y amarillas. Lily tomó una cámara de su mochila y comenzó a tomar fotos del lugar. Rose estaba de buen humor y accedió a tomarse unas fotos con la joven, que parecía encantada con el lugar. Sin embargo, no estaban solas.

En la margen opuesta, Akum las observaba oculto entre la vegetación. El guerrero reconoció a la Doctora Rose quien se agachó para tomar una muestra de agua del rio.

El gran centinela se levantó dejándose ver. Lily quien estaba parada a su lado vio al guerrero y se quedó petrificada. Sólo atinó a golpear el hombro de Rose, que aún estaba agachada luchando con la tapa del recipiente que contenía la muestra.

—Un momento, por favor—dijo Rose sin levantar su cabeza.

El guardia que las acompañaba retrocedió unos pasos y sacó su pistola.

Lily sacudió a la Doctora para que le prestara atención y cuando Rose se incorporó, la joven lo señaló con su brazo.

El guerrero levantó su mano haciendo un saludo. Rose respondió haciendo lo mismo y Lily la acompañó en el movimiento.

El centinela respiró profundo aliviado y mostró una gran sonrisa.

Sin embargo, el guardia se acercó y apuntó con su arma al guerrero quien se ocultó rápidamente.

—¡Baje eso! ¡Va a hacer que nos maten!—dijo la Doctora y el hombre enfundó su arma de mala gana.

La Doctora comenzó a agitar sus brazos como haciendo una señal y Akum volvió a incorporarse. El guerrero vio la sonrisa de Rose y como sabía que ella era la líder, tomó su arco, lo apoyó sobre una roca y luego mostró sus manos. El centinela bajó hasta la orilla del río y comenzó a cruzarlo muy despacio, ya que la corriente era fuerte por la cascada.

Esos segundos fueron eternos, tanto para Akum como para la Doctora. Cuando ambos se encontraron, Rose levantó la cabeza. El centinela medía más de tres metros.

Lily no salía de su asombro y también se acercó parar verlo mejor.

Akum se agachó y puso una rodilla en el suelo. Entonces Lily tocó su fornido brazo. Akum extendió su mano y le tocó el cabello que sobresalía de su máscara.

El centinela cerró el puño y golpeó su pecho diciendo su nombre Akum dos veces.

De entre la maleza surgió Leonard, quien al ver al guerrero alzó su rifle y tomó a todos desprevenidos.

—Doctora, ¡aléjese de él! ¡es una orden!

Akum mantuvo la calma. Reconoció rápidamente al Sargento. Leonard se acercó unos pasos más sin dejar de apuntarle. Entonces Akum manteniendo una mano arriba, con la otra buscó en su morral y tomó el cuchillo de Leonard. Por un instante, Rose y Lily se asustaron, pero luego Akum extendió su mano ofreciendo el arma a Leonard y agachó su cabeza.

Rose tomó el cuchillo y se lo alcanzó al Sargento, quien más relajado dejó de apuntar al centinela.

El Sargento agradeció con un gesto y puso el arma en su cinturón. Rose intentaba hablarle pero el centinela no entendía nada de lo que ella decía. Sólo la contemplaba con una sonrisa. Akum tomó unas flores de la margen del rio y se las ofreció a las mujeres.

—¡Parece que ya encontró un novio, Doctora!— bromeó Leonard.

Sin embargo, aquel romance no duraría mucho y así fue.

Unos minutos más tarde, entre las plantas apareció el robot arácnido.

Apuntó con un láser a Akum y lanzó un dardo paralizante. Fue todo tan rápido que nadie pudo reaccionar.

El centinela se desplomó y su cabeza golpeó contra una roca haciéndolo sangrar mientras dormía por el sedante.

Luego el robot se posó sobre él cómo un trofeo de caza y extendió una antena telescópica. El aparato daba tanto miedo que a pesar de que sabían que era de ellos, Leonard volvió sobre sus pasos y esperaron a una distancia prudencial. El robot apuntó con su láser al Sargento.

—Esta porquería cree que soy una amenaza. Todos cuerpo a tierra—dijo Leonard mientras se ponía de rodillas lentamente.

—Seguramente el imbécil de Roland no tardará en buscar a su juguetito. Es un maldito—respondió

Rose quien no quitaba la vista de Akum y el aparato.

Lily intentño quitarse la mochila para ponerse cuerpo a tierra, pero el movimiento fue brusco. El aparato se sintió amenazado y le lanzó un dardo. Fue tan rápido que nadie lo notó salvo por el ruido del disparo. Por fortuna el proyectil pegó en uno de los bolsillos de la mochila y no en el cuerpo de la joven LiLy. Esta se apoyó en el suelo y no volvió a levantar la cabeza.

—¡Hazte la muerta!—dijo Rose en voz alta. Su máscara se estaba quedando sin oxígeno y una alarma comenzó a sonar con un chillido intermitente.

El robot apuntó a la Doctora y la luz del láser recorría su cuerpo. El Sargento reconoció el sonido de inmediato y con mucha cautela, tomó uno de los tanques de oxígeno de su bolso e hizo que la botella rodara hasta la Doctora.

Rose apagó la alarma de la máscara y contuvo la respiración hasta que pudo cambiar el tanque. No quería mirar al robot por miedo a que le disparara. Lo que ella no sabía es que el aparato estaba siendo controlado por uno de los hombres de Roland en ese momento.

Pasaron unos largos minutos y el ruido de un helicóptero se escuchaba cada vez mas fuerte. El aparato se acercaba a ellos. Del mismo colgaba una cápsula de criogenia.

La máquina tocó el suelo y Roland junto a unos hombres llegaron hasta el lugar.

Todos se pusieron de pie. Rose se acercó al hombre y antes de que mediara una palabra, le dio una bofetada que hasta el mismo Sargento se quedó pasmado al ver el golpe.

Dos de los hombres que acompañaban a Roland tomaron de los brazos a la Doctora y la condujeron hacia el helicóptero. Lily los acompañó para no dejar sola a su jefa y amiga.

El Sargento miró al hombre, colocó su rifle en la espalda y dijo.

—Esto no le va a gustar al Comandante, téngalo por hecho.

Luego recogió la mochila de Rose que estaba en el suelo y se marchó caminando hacia la base.

Los hombres de Roland cargaron a Akum y con mucho esfuerzo lo pusieron dentro de la cápsula.

Desde el helicóptero, Rose y Lily observaban la escena con lágrimas en los ojos. Sabían que la vida de ese pobre ser estaba en manos de sus captores.

En el módulo privado de Eduard, Martin trataba de explicar al veedor que la nueva búsqueda de un yacimiento había sido infructuosa.

—No es que no haya nada más, señor. Simplemente que el material está muy disperso en esta área y es como si estuviera salpicado. ¿Me comprende?

—Recuerdo que llevó meses encontrar un yacimiento. Creo que me dejé llevar por el éxito inicial, Ingeniero—respondió Eduard con frustración. El hombre sabía que lo que le había encomendado a Martin, era casi imposible.

—Por fortuna hay otro sector que está mucho más lejos, pero existe—dijo Martin a modo de consuelo.

—Si, pero vamos a tener que mudar la base y comenzar de nuevo—respondió Eduard. El veedor estaba al tanto de todos los estudios. Aunque tenía la esperanza de tener un golpe de suerte, por eso le pidió a Martin que lo intentara nuevamente en un radio más amplio.

La tarde llegaba a su fin en Pandora. En la tribu de los Janak, cientos de guerreros hacían diversos rituales a su Diosa y se preparaban para la batalla. Sería una noche larga de preparación mental para los guerreros.

El consejo del líder se reunía nuevamente, pero esta vez con ausencia del pueblo y dentro de una caverna, acompañados por Canami, el hijo del líder del clan vecino.

—El tiempo de su guerrero se agota, gran líder— dijo el joven e hizo una reverencia para mostrar sus respetos. Aunque dejó muy en claro su postura, si Akum no regresaba al amanecer, los atacarían.

—Lo sé, pero es mi mejor centinela y confío en él. Nunca me ha fallado y le daré su tiempo— respondió el líder quien se sentó en una roca con una manta colorida. Todos los presentes tomaron asiento en el suelo. Cuando estuvieron cómodos, continuó su discurso.

—He estado pensando mucho en estos seres y si ellos pudieron llegar hasta aquí desde otro mundo, tienen un conocimiento muy superior al nuestro. Si nosotros les hacemos daño, sus hermanos vendrán por venganza—concluyó el anciano.

Canami a pesar de su juventud era muy sabio en los conocimientos ancestrales. Pidió la palabra al líder quien lo señaló con un bastón y así se le permitió hablar.

—Gran líder y hermano. Estos seres han estado profanando el suelo sagrado. Destruyendo plantas y matando animales. Por favor, no tema. Nosotros tenemos la protección de nuestra Diosa de la Vida. Ella está siempre presente para cuidarnos. Hoy nos toca devolverle algo de lo mucho que nos ha dado. Por eso todos sus hijos queremos ir a la batalla—concluyó Canami. Muchos en el consejo lo miraron y levantaron su puño en apoyo al joven. El líder sabía que la hora de la paz había acabado. Los clanes irían a la batalla.

—Comprendo su postura y como siempre será decisión de la mayoría. Como líder del clan Janak, tengo palabra y hasta el amanecer esperaré que regrese Akum.

Las palabras del líder habían sido determinantes. Ya no había más de qué hablar. Todos se pusieron de pie y fueron a dar el mensaje al pueblo. Cuando el sol estuviera sobre la montaña, los centinelas marcharían hacia el campamento.

La esperanza del líder se encontraba dormida en una capsula; mientas unos médicos le extraían sangre, muestras de su tejido y cabello para ser analizado y crear un perfil genético. Los hombres de Roland trabajaban concentrados en el laboratorio improvisado en el campamento.

El lugar estaba rodeado de guardias. Desde el habitáculo de Rose se podía ver el movimiento del lugar. La Doctora aún tenía fresca la imagen del sonriente centinela y no podía creer lo que Roland y sus hombres le estaban haciendo.

—Tenemos que ayudarlo—dijo Lily apoyando su brazo en la ventana. La joven estaba al borde de las lágrimas. Había creado empatía por aquel ser y su sentimiento ecologista no la dejaba en paz.

—Voy que pensar en algo para sacarlo de allí. Con certeza lo van a llevar a la tierra. Esos tipos son unos monstruos—respondió Rose apoyando la idea de Lily.

Las cosas no podían ser peor para el gran centinela anestesiado y rodeado de hombres armados. No tenía chance alguna de poder escapar y poner en aviso a su tribu. Reaccionó levemente abriendo sus ojos y sólo pudo ver por un instante las luces de la habitación. Levantó su brazo el cual chocó contra el plástico de la cápsula y volvió a dormirse.

No muy lejos de allí, Mirko junto a Shuan y Martin se debatían acerca de la idea de Eduard de trasladar la base. La nave nodriza había desplegado un satélite en la órbita de Pandora y aguardaban la confirmación del lugar, que aunque distante, era más rico que en el que habían trabajado.

Pero tenían un gran problema: estaba en medio de una jungla llena de animales. Por este motivo se había decidido el desembarque en el otro lugar, puesto que el impacto ecológico sería menor.

A pesar de tener mucho en contra, Eduard tenía la carta del éxito logrado hasta ahora. Si ellos no destruían esa jungla, alguien más lo haría y se quedaría con el preciado material.

La GondenSpace tenía competencia en la tierra y ésta ya había puesto sus ojos en el planeta. Aunque con menor tecnología, estaban a apenas años de poder lanzar una misión, puesto que se habían interesado a pocos meses de que Partson y sus naves partieran hacia Pandora.

Eduard había propuesto la idea al Comandante esa misma tarde. Todos los materiales necesarios estaban disponibles. La GoldenSpace no había reparado en gastos a la hora de llevar equipos. La enorme distancia hacía casi imposible un re abastecimiento, por lo que se llevó por demás.

La noche transcurría con una tranquilidad inusual en Pandora. Una espesa bruma cubría tanto el valle como las montañas y los animales estaban en silencio. Casi era imposible ver, a pesar de los potentes reflectores que iluminaban el campo.

Eduard comía una porción de pastel con una taza de té en la soledad del comedor. Desde que le amputaron la pierna tenía problemas para poder dormir.

Cuando saliera el sol los hombres comenzarían a guardar todos los materiales y equipos para el traslado de la base. Pero antes de montar nuevamente las instalaciones en otra parte, el veedor les daría unos días de descanso en la nave nodriza.

El satélite continuaba orbitando Pandora y pasó por sobre la tribu de los Janak, detectando una marca térmica muy grande debido a la cantidad de guerreros que se habían juntado. El aparato tomó una serie de fotos y las trasmitió a la nave nodriza.

El primer rayo de luz anunciaba la llegada del nuevo día y con gran pesar, el líder del clan Janak alzó su lanza al cielo y un ejército de centinelas respondió con un grito de guerra, para luego comenzar a marchar a paso rápido hacia la montaña.

Estampidas de animales huían al escuchar el avance de los guerreros, quienes golpeaban sus lanzas contra el piso a medida que ganaban terreno y subían por un sendero en la ladera de la montaña.

En la nave nodriza, Nelson Siemens tomaba su turno. Era uno de los encargados de seguir la trasmisión del satélite. La computadora estaba apagada por algún motivo. El hombre encendió la máquina y luego de unos momentos comenzó a examinar los fotogramas.

Pasó un rato y en la pantalla apareció una foto extraña. El operador se detuvo a verla. La sometió a un filtro y pudo ver en el monitor de la computadora a cientos de guerreros.

Un sudor frio comenzó a caer por su espalda a pesar de estar en una nave a miles de kilómetros de distancia. De inmediato envió la fotografía al Comandante y a su computador portátil. Luego se levantó y salió a toda prisa en su búsqueda.

La mañana en Pandora era fría. Roland tenía en sus manos los resultados de los análisis practicados al nativo, junto a una pequeña maleta en cuyo interior había una muestra de sangre.

Sentado en la cama de su habitáculo, observó el perfil genético y la cadena de ADN de las muestras, quedando sorprendido de lo similar que era a la de los humanos. Pensó en poder hacer un híbrido entre ambas especies.

Roland se había convertido en el primer hombre en capturar a un ser inteligente de otro planeta.

Elaboró un detallado relato sobre la captura del ser y junto con toda la información de los estudios, la transmitió a la nave nodriza. Pero algo sucedía con la comunicación y no lograba enviarla.

Al mismo tiempo, en la nave principal Partson observó la fotografía de los nativos e intentó alertar del peligro a los hombres en tierra, pero fue en vano.

La anomalía magnética del planeta les jugaba otra vez una mala pasada. Desesperado ordenó que prepararan dos naves de transporte para un rescate de emergencia.

Un operador de control de tráfico aéreo se le acercó al Comandante.

—Señor, no tenemos contacto visual con Pandora. El lugar está cubierto de una neblina muy densa y tampoco nos podemos fiar de los instrumentos hasta que cese la interferencia magnética.

George asintió con la cabeza mientras observaba una mancha blanca en el monitor de una de las computadoras del puente de mando. Debajo de esta mancha, estaba la base con más de treinta hombres.

La suerte estaba echada para Eduard y sus hombres. Cientos de centinelas bajaban la ladera de la montaña y era cuestión de tiempo para que llegaran a su destino.

El Comandante se acercó a una de las ventanas de la nave y observó al planeta en silencio por unos minutos. Respiró profundo y tomó la decisión de bajar a la superficie para rescatar a los hombres a pesar de las dificultades.

—¡Vamos por ellos!—dijo a viva voz George caminó hasta llegar a la plataforma de carga. Unos seis hombres que estaban aguardando por órdenes se pusieron de pie al verlo llegar. El Comandante se veía serio. Tomó un casco que estaba sobre una mesa y dijo.

—Muchachos, nuestros compañeros están en peligro. No sé si saben, pero el satélite detectó una gran cantidad de nativos que se reunieron a uno pocos kilómetros de la base. No creo que sea para festejar un cumpleaños ni tampoco es navidad. Así que, vamos por ellos.

Los hombres imitaron a George. Tomaron los cascos y subieron a las naves.

El Comandante tomó asiento en una de ellas y un fuerte dolor lo tomó por sorpresa. Sus heridas por el accidente aún no habían sanado.

Uno de los hombres pidió ayuda y bajaron al hombre de la nave recostándolo en el suelo. George hacÍa un gran esfuerzo por mantener la conciencia, pero el dolor en su espalda era insoportable.

—¡Vayan por ellos! ¡Cada minuto cuenta!—dijo Partson quien aún no podía reponerse del fuerte dolor. Dos hombres lo cargaron en una camilla y lo condujeron hacia la enfermería. Unos minutos más tarde las naves partieron rumbo a Pandora.

En la base, Ron Sachs, uno de los operadores de la central de monitoreo, dormitaba en su silla. La noche había sido muy tranquila y sólo en una ocasión se activó un sensor por algún animal.

Pero todo ésto estaría por cambiar un instante.

Leonard, fiel a su costumbre, todas las mañanas tomaba unas tazas de café y algo que comer del comedor. Desayunaba con los hombres de monitoreo ya que era una manera de crear vínculos con ellos, pues eran sus ojos fuera de la base y conocía la monotonía del trabajo.

—Buen día. Cuanta interferencia en la pantalla— dijo el Sargento al entrar al habitáculo.

—Buen día, Sargento. El campo magnético de este lugar es una locura—respondió Ron entre bostezos, mientras se frotaba la cara para despertarse.

Leonard no hizo más que apoyar el desayuno en la mesa y uno de los sensores se activó.

—Son esos malditos animales otra vez. No se alarme, Sargento—dijo el operador mientras tomaba un sorbo de café caliente.

La pantalla de video apenas podía verse entre las líneas de interferencia. El Sargento tomó asiento y dio un sorbo de su café, sin dejar de ver el monitor, como si fuera un pescador esperando que el pez volviera a tomar el cebo.

Hubo un instante de tranquilidad. Al parecer sí había sido un animal, tal como había dicho el operador.

Canami, el líder de los centinelas acompañado por Raman y Tonak, encontraron la tumba de su compañero a pesar de la espesa bruma que los envolvía. Todos pusieron sus manos en una de las rocas del sepulcro. Cerraron sus ojos dedicando unos instantes a recordar al caído. Tonak fue el último en quitar las manos de la roca; aún tenía muy vivo el recuerdo de la batalla y de ver como su compañero moría prácticamente en sus brazos.

El gran centinela se puso de pie tomó su lanza y exclamó.

—¡Es hora de la batalla! ¡Es hora de vengar a nuestro hermano!

—Tus palabras son sabias. Seguramente nuestro hermano Akum también tuvo la misma suerte. Vamos por ellos—dijo Canami mientras tomaba el hombro de Tonak, quien con su mano derecha apretaba su lanza con fuerza.

Los centinelas avanzaron hasta el río y lo cruzaron saltando entre rocas con agilidad magistral. A pesar de la poca visibilidad, era cuestión de minutos para que llegaran al campamento.

Lily quien se había dormido profundamente en la habitación de Rose, se despertó sobresaltada por la imagen de Akum dentro de la cápsula.

La Doctora terminaba de fotografiar las muestras que había podido recoger de insectos y plantas, cuando vio despertar a la joven genetista.

—Buen día, Yamato. Anoche estábamos hablando y prácticamente te desmayaste en la cama—dijo Rose con una sonrisa maternal.

—Buen día. Desde que el Comandante me dijo que vendría a Pandora no pude volver a dormir—respondió Lily mientras se arreglaba el pelo aún sentada en la litera.

La joven se acercó a la ventana para ver el lugar donde tenían cautivo al alienígena, pero sólo veía un muro blanco por la neblina.

Rose quien vio la cara de preocupación de Lily, trató de hacer entrar en razón a la joven quien no quitaba la mirada de la ventana.

—Lily, no hay nada que podamos hacer. En un par de horas vendrán a recogernos. Eduard ordenó mudar la base para buscar esas rocas en otra parte.

El tiempo para Eduard y su gente se había acabado. En la sala de monitoreo el Sargento terminaba su café de un sorbo. Había dejado de prestar atención a la pantalla cuando un sensor activó una alarma nuevamente. Pasaron unos segundos y la máquina pareció volverse loca.

La imagen en la pantalla se llenó de destellos. El operador saltó de su silla y encendió la cámara térmica para poder ver mejor a pesar la neblina. Allí estaban. Eran cientos de nativos que avanzaban hacia la base.

Leonard había instalado una alarma sonora luego del primer ataque.

El hombre tomó el control de su bolsillo e intentó activarla, pero por algún motivo, el aparato no respondía. Entonces salió corriendo del habitáculo para activarla manualmente. Llegó hasta una caja gris, rompió el sello de seguridad, bajó una palanca y el sonido de la sirena salió con mucha fuerza.

Mirko estaba ayudando a Shuan a guardar una caja de herramientas cuando escuchó el sonido. El

Sargento había hablado de ello en una charla y lo recordó instantáneamente.

—Shuan, son esos malditos nativos. ¡Están aquí!

Los hombres de la base corrían en todas direcciones sin saber qué hacer. El Sargento fue hasta el almacén para tomar las armas y una fila de hombres se formó rápidamente al verlo.

—¡Vayan adentro! ¡Qué nadie entre o salga y traben todas las puertas!—exclamó el Sargento al borde de un ataque cardíaco. Martin tomó un rifle y se lo dio a Shuan. El joven chino tenía una expresión de terror en la cara de sólo recordar que había escapado de milagro del ataque anterior. Mirko tomó un arma, se la puso al hombro y pidió a Morgan que lo ayudara a formar una barricada en la puerta del contenedor.

—Shuan, ¡Despierta, maldita sea! Ayúdanos con esta cosa—gritó el Ingeniero con voz firme y Shuan volvió en sí. Los tres hombres corrieron varios cubículos y unos sacos con alimentos.

El Sargento tomó una bolsa y la llenó de explosivos. Luego saltó la barricada y desapareció entre la neblina.

En la sala de comunicaciones y monitoreo, Alejandro Batisttone intentaba de todas maneras comunicarse para pedir ayuda. El piloto estaba concentrado, pero aun así temblaba del miedo.

Era inútil. La interferencia no permitía ninguna comunicación.

Ron tuvo la idea de apagar y encender el monitor de la computadora nuevamente y como por arte de magia, la pantalla se volvió nítida. Activó la cámara térmica y allí estaban los nativos, a sólo cien metros del campamento.

—¡Esto se acabó!—dijo el operador y salió corriendo de la sala hacia el exterior. Intentó abrir una de las escotillas de un habitáculo, pero estaban trabadas. Los hombres en el interior lo observaban por la ventana, pero ninguno se animaba abrir la puerta.

Ron golpeó con fuerza y los maldijo, pero sus suplicas fueron inútiles. Intentó volver al módulo de comunicaciones. Dio unos pocos pasos y una flecha salió de entre la niebla a toda velocidad clavándose en su cuerpo. Aún respiraba abatido en el suelo cuando un centinela puso el pie sobre el pecho del joven y le cortó la garganta. Raman se había cobrado la primera víctima.

En el cielo, las dos naves que había enviado Partson ingresaban a la atmósfera. Los instrumentos fallaban por la anomalía magnética.

El descenso se volvió violento para las naves. Uno de los pilotos apagó todos los sistemas por completo mientras caían en picada.

El hombre reinició el sistema y unos segundos después presionó el botón de piloto automático. La nave se estabilizó comenzando un descenso controlado. Sus ocupantes recobraron la calma hasta que se escuchó un silbido y una fuerte explosión. La otra nave no había tenido la misma suerte y se estrelló en una de las montañas no muy lejos de la base.

El estruendo fue tan fuerte que los nativos tomaron una pausa en su ataque.

Alejandro supo de inmediato que aquella explosión no podía ser otra cosa que un accidente aéreo. Fue a verificar que la puerta del módulo estuviera trabada y volvió a intentar comunicarse con la nave nodriza.

Canami ordenó a sus guerreros atacar a los módulos. El sonido de la alarma era ensordecedor. Uno de los centinelas encontró la bocina y la aplastó con una roca.

Hubo silencio por unos minutos. Luego una lluvia de piedras comenzó a caer sobre los módulos. Algunos de los vidrios estallaban por el impacto.

El cobertizo donde estaban ocultos Mirko y compañía, estaba algo apartado de los demás módulos y al parecer, los guerreros aún no lo habían descubierto por la neblina. Martin y Shuan estaban apostados en la entrada de la barricada como en una especie de trinchera.

—Aún no saben que estamos aquí, pero es cuestión de tiempo. Hay que estar atentos—dijo Mirko apuntando su rifle hacia el exterior.

Roland aún intentaba desesperadamente transferir el archivo con la información a la nave principal una y otra vez. Era consciente que todo su trabajo estaba en peligro. Se comenzaron a escuchar disparos en la cercanía del campamento donde tenían al nativo en cautiverio.

Los guardias de Roland habían abatido a algunos centinelas y estos retrocedieron al ver como caían sus compañeros por los disparos. La neblina que parecía una ventaja para Canami y sus guerreros se le había vuelto en contra, puesto que los rifles que tenían los hombres de Roland poseían miras infrarrojas y podían ver a los nativos sin que ellos supieran. Fue una carnicería lo que quedó alrededor del laboratorio.

Rose escuchaba los disparos desde su módulo y junto a Lily se tiraron al suelo. Pero antes la joven genetista apagó la luz del lugar. Pasaron unos instantes y un ruido se escuchó en la ventana. Uno de los guerreros intentó con un cuchillo romper el vidrio, pero el material era muy fuerte y no pudo hacer nada. Rose y Lily lo observaban desde las sombras de la habitación, pero ya no con una mirada de admiración, sino con algo más parecido al terror.

La nave de rescate no podía aterrizar y daba vueltas en círculos mientras sus ocupantes hacían un esfuerzo por comunicarse con Eduard. Sin embargo, la suerte estaba por cambiar para los hombres. Una brisa comenzó a soplar y de a poco la niebla comenzó a disiparse. Desde el cobertizo donde estaban apostados Mirko y sus compañeros, se podía ver el cuerpo de Ron tendido en el suelo, casi desnudo pues los centinelas lo habían saqueado.

Tonak junto a una veintena de guerreros, arremetían contra una de las puertas del módulo comedor.

—¿Qué hacemos? ¿les disparamos?—preguntó Martin apuntando con el rifle a los centinelas que estaban a unos escasos cincuenta metros.

—Mejor esperemos a ver que sucede. Si no pueden entrar, mejor quedarnos ocultos— respondió Mirko y accionó el intercomunicador de su máscara para hablar con alguien. Pero era inútil, sólo un chillido de estática salía del auricular.

Las cosas se pondrían muy feas para Eduard y los suyos. Unos diez guerreros fueron por un tronco enorme. Lo cargaron y lo llevaron hasta la puerta para comenzar a golpearla.

El estruendo de la madera contra el metal era muy fuerte pero los esfuerzos de Canami y Tonak por entrar a los habitáculos parecían en vano. La puerta no cedía a pesar de los golpes. Fastidiado, Tonak tomó una roca del suelo y la arrojó con todas sus fuerzas hacia una de las ventanas. El vidrio estalló en pedazos.

Se escucharon unos disparos desde el interior y una de las balas dio en el hombro del líder Canami. Este gritó del dolor y sus compañeros arrojaron una lluvia de flechas y lanzas hacia al habitáculo.

Eduard pidió un arma pero los hombres se negaron. A pesar de estar gritando órdenes, uno de los jóvenes lo llevó al interior de su compartimento y lo encerró para que tuviera más protección. El veedor tenía una mezcla de euforia por el odio y el miedo.

Los ruidos de los disparos y gritos de los guerreros habían convertido a la base en un pandemónium.

Alejandro luego de mil intentos, logró comunicarse con la nave principal.

—¡Estamos bajo un ataque!—fue lo primero que dijo al escuchar al operador.

—Lo sabemos, Batisttone. Ya enviamos dos transportes para rescatarlos. ¿Llegaron?—respondió el oficial de comunicaciones.

—Aún no, pero creo que una de las naves se estrelló en las montañas—dijo Alejandro.

Un momento después, escuchó que alguien golpeaba la puerta insistentemente.

Era Leonard. Se estaba quedando sin aire. El piloto se acercó a la minúscula ventana y vio al Sargento agitado con la mano en su pecho. Lo supo de inmediato. Fue por un tubo de oxígeno, abrió la escotilla y el hombre se desplomó dentro del módulo. Los pies de Leonard quedaron atravesados en la puerta. Alejandro los quitó y volvió a cerrar el compartimento.

No había tiempo para cambiar el tanque de aire, entonces Alejandro respiró profundo y le colocó su máscara a Leonard quien dio varias bocanadas.

Cuando el Sargento volvió en sí, cambió el tubo de oxígeno y se puso de pie como si nada hubiese sucedido.

—Son muchos. Creo que cientos—dijo Leonard con una expresión de preocupación en su rostro. Luego abrió su mochila y le pasó una pistola al piloto.

—¿Alguna idea de cómo salir de aquí?—preguntó Batisttone.

—Disparando a esos malditos. El imbécil de Roland tiene cautivo a uno de ellos y los atrajo como moscas a la miel—respondió el Sargento quien aún estaba agitado por la falta de oxígeno.

—Tenemos un helicóptero, pero esta algo lejos. Lo dejó Partson como una especie de seguro de rescate. Por eso siempre hay un piloto en la base—respondió Alejandro rascándose la barbilla y continuó—No va a ser fácil, pero si logramos llegar, podemos darle algo de protección a la nave de transporte.

El Sargento levantó ambos pulgares hacia arriba en señal de acuerdo y Alejandro tomó el radio. Por fin se pudo comunicar con la nave principal. Pudo explicar su plan a Partson quien estaba lucido, pero en una de las camas de la enfermería de la nave.

El Comandante escuchó atentamente el plan de Alejandro y trasmitieron la orden al piloto del carguero.

—Batisttone, el plan es perfecto. Pero, por favor, páseme con Leonard un minuto—solicitó Partson al piloto.

El Sargento se puso unos auriculares para que Alejandro no escuchara y sólo respondió ¡Está todo listo!. Luego el hombre se cargó su mochila al hombro y presionó el interruptor que abría la puerta.

Esto sorprendió a Alejandro que sólo tuvo tiempo de tomar unos tanques extra de oxígeno.

Ambos salieron con cautela. La neblina casi se había disipado por completo. Caminaron unos cuantos metros pegados a la pared de los módulos. No había nadie. Los guerreros estaban todos reunidos del otro lado de la base aún intentando penetrar en el interior. Pero los hombres de Eduard los mantenían a raya con disparos. Varios centinelas habían muerto y la batalla parecía estancada.

Mirko nuevamente intentó comunicarse con el Sargento y esta vez tuvo suerte.

—Somos tres y armados—dijo el Ingeniero. Shuan y Martin lo miraron con algo de preocupación. Leornard le contó sobre su plan y Mirko se puso de pie.

—Tenemos que movernos y tenemos que hacerlo ahora. El Sargento nos espera en la torre de energía. Hay un helicóptero oculto y es nuestro boleto de salida.

Con temor, pero también con esperanzas, Shuan y Martin se pusieron en marcha.

Por fortuna, todos los guerreros estaban mirando hacia el lado opuesto. No notaron cuando Mirko y sus compañeros salieron del almacén arrastrándose cuerpo a tierra.

Terminaron exhaustos. Fueron más de cien metros hasta llegar a unas rocas que les daban algo de protección. Desde allí podían ver la torre de energia y ocultos detrás de ella, se veía la silueta de dos hombres. El Sargento y el piloto habían llegado primero. Los aguardaban en el suelo ocultándose como podían.

—Allí están, pero vamos a tener que continuar cuerpo a tierra si no queremos que nos vean estos malditos—dijo Mirko quien aún no recuperaba el aliento por el esfuerzo que había hecho.

Un grupo de centinelas comenzó a caminar hacia donde ellos estaban. Sólo habían dado algunos pasos. Martin los vio y se tiró cuerpo a tierra nuevamente alertando a sus compañeros de la amenaza.

Mirko y Shuan le siguieron. EL terreno tenía una leve pendiente hacia abajo y ésto los ayudaba a avanzar mas rápido en el camino a la torre de energía.

Canami y sus hombres volvieron a arremeter contra la puerta principal del módulo, pero el metal no cedía. La aleación de aluminio era muy fuerte.

Roland intentó por enésima vez enviar los datos a la nave principal y esta vez lo logró. Todos los estudios que le habían realizado al alienígena, estaban a salvo en el banco de datos de la nave nodriza. Las computadoras habían descifrado por completo el perfil genético de la criatura y estaba a disposición de BioGénesis.

Lamentablemente los compañeros de Roland no tuvieron la misma suerte. Las municiones se les agotaron y los centinelas no tuvieron compasión por ellos. Uno a uno cayeron por las flechas y lanzas de los guerreros Janak.

Akum permanecía profundamente sedado en la cápsula. Sus compañeros centinelas no lo encontraron pues la cápsula estaba cubierta por una tela. Por encima habían colocado cosas para disimularla, lo que hizo que pasara inadvertida ante los ojos de sus compañeros, que lo buscaban desesperadamente.

Alejandro escuchó un ruido de entre los matorrales y apuntó con su pistola. Detrás de una planta se asomó el brazo de Martin.

—¡Por aquí!—dijo el piloto sin levantar mucho la voz. Martin junto a Shuan llegaron hasta el lugar.

—¿Son sólo ustedes dos?—preguntó Batisttone al joven Shuan.

—Mirko venía detrás mío—respondió con preocupación el muchacho.

—Lo lamento mucho pero no tenemos más tiempo. Tenemos que irnos—dijo el Sargento y se puso en marcha.

Martin se ofreció a volver por Mirko y los demás comenzaron su camino por el sendero hacia el helicóptero.

Shuan dudó por un instante y volvió sobre sus pasos para acompañar a Martin, pero el Sargento lo tomó del brazo e impidió que volviera.

—¡Déjalos! Van estar bien. Te necesito en el helicóptero—dijo Alejandro apoyando con sus dichos al Sargento que aún tomaba a Shuan del brazo.

Martin se tiró cuerpo a tierra y se perdió entre la maleza.

En la base, uno de los hombres harto de los gritos de Eduard le abrió la puerta y este salió en silencio. Se dirigió saltando en una pierna hasta una barricada formada con mesas y sillas, la cual temblaba a cada impacto del tronco contra la puerta.

Los nativos no cesaban en su intento por derribarla.

A través de una ventana rota no dejaban de entrar flechas, lo que hacía imposible a los hombres poder tapar el agujero. Las municiones se les estaban agotando y sólo respondían con algún que otro disparo cada vez que uno de los guerreros intentaba entrar por el hueco.

En medio de la maleza, Mirko se retorcía del dolor. Había apoyado su mano sobre una planta venenosa y el ardor era tan fuerte que lo estaba volviendo loco.

Con mucho esfuerzo Martin llegó hasta el lugar. Ya estaba exhausto y al ver a Mirko en el suelo, se puso de pie y fue rápidamente en su auxilio.

—¿Qué pasó?—preguntó asustado. El Ingeniero sólo atinó a mostrarle su mano. Estaba hinchada de una manera descomunal y con un color rojo intenso. El veneno también había afectado sus piernas y no lo dejaba incorporarse con normalidad.

—¡Qué planeta de mierda! Tenemos que irnos. El Sargento no va a esperarnos todo el día—dijo Martin intentando hacer reaccionar al hombre.

Luego lo ayudó a ponerse de pie apoyándolo sobre su hombro. Por fortuna para Mirko, el veneno fue perdiendo su fuerza y de a poco el dolor comenzó a ceder mientras caminaban. Aunque su mano permanecía hinchada, sus piernas ya le respondían de mejor manera.

Llegaron hasta el sendero detrás de la torre de energía. Martin se detuvo a cambiar su tanque de oxígeno y por el rabillo del ojo pudo ver a uno de los nativos que se escondía entre los arbustos.

—¡Nos siguen, estos hijos de puta!—exclamó y ya harto de la situación, se quitó el rifle que tenía colgado de su hombro y disparó una ráfaga hacia la maleza.

—Si se asoman, les vuelo la cabeza—exclamó sin rodeos.

Los hombres sólo querían irse a casa y no aguantaban el acoso de los nativos que parecían estar por todas partes.

Luego siguieron su marcha entre los árboles. El lugar se hacía estrecho y apenas se podía ver con tanta vegetación. Caminaron por este lugar durante unos minutos hasta que el sonido de la turbina del helicóptero comenzó a escucharse. Apuraron el paso como pudieron. Fueron cien metros interminables. El bosque se abrió y en un claro estaba el helicóptero aguardándolos.

El Sargento los esperaba rifle en mano a unos diez metros de la nave.

Al ver a los hombres, levantó su brazo y los invitó a subir al helicóptero. Despegaron inmediatamente.

De entre los matorrales salieron dos centinelas, pero ya nada podían hacer. La nave había levantado vuelo.

—Esos dos nos siguieron, pero Martin los mantuvo a raya. Parece que es un buen soldado—comentó Mirko al Sargento con una sonrisa en la cara.

El aparato seguía tomando altura y de entre las nubes apareció la nave de trasporte. Por la radio, el Comandante Partson coordinaba el rescate.

Ambos aparatos se acercaron a la base. Los guerreros de Canami desistieron de entrar en el recinto al ver los aparatos sobre sus cabezas. Los propulsores de la nave de transporte levantaron mucho viento y ruido. Eso espantó a los nativos y los hizo retroceder.

El piloto del carguero pudo comunicarse con Eduard. Los hombres comenzaron a retirar la barricada que estaba en la puerta. La nave aterrizó y hubo silencio en todo el lugar.

Les fue imposible abrir la escotilla debido a los golpes que le habían propiciado los nativos.

—Salgamos por la ventana—dijo uno de los hombres. Se acercó hasta el lugar y cuando asomó su cabeza hacia afuera del habitáculo, una flecha de unos dos metros de largo se clavó en su garganta matándolo instantáneamente.

Era claro que los nativos no estaban asustados por la nave que había aterrizado, ni por ninguna cosa. Sólo habían tomado algo de distancia.

Eduard gritó por el radio de manera desesperada.

—Sargento, ¡qué diablos están haciendo! ¡dispárenles a estos malditos!

Alejandro descendió un poco el helicóptero pero una lluvia de flechas comenzó a golpear el fuselaje. El ruido era aterrador, entonces el piloto tomó altura rápidamente para escapar del asedio.

—Esto no está funcionando. Tenemos que intentar de otra forma—dijo el piloto a los gritos desde la cabina.

Leonard hurgó dentro de su mochila y tomó unas granadas.

—¿De dónde diablos sacó eso, Sargento?— exclamó Martin con los ojos bien abiertos.

El Sargento sólo sonrió y le guiñó un ojo. Luego se sentó en el asiento de acompañante del piloto.

—Tengo sólo tres. Tenemos que usarlas bien. Ahora vamos a dar un rodeo para ver dónde se ocultan estos salvajes—dijo Leonard y el piloto levantó su pulgar.

El Sargento tomó el radio y le explicó el plan a Eduard quien aguardaba impaciente junto a sus hombres en tierra.

A unos treinta metros de la entrada había unos árboles y debajo de éstos, decenas de nativos arrojaban flechas hacia la nave de transporte y la ventana del módulo.

—¡Allí están! Voy a descender en picada. Sólo tiene unos segundos, Sargento.

La máquina tomó altura y luego descendió bruscamente hacia los árboles. El Sargento arrojó la granada y el piloto jaló de los controles para elevarse nuevamente. Los nativo no tuvieron tiempo de atinarle con sus armas, pero la granada no explotó. De los nervios, el Sargento olvidó quitarle el seguro.

—¿Qué sucedió?—preguntó el piloto a su compañero. El Sargento movió la cabeza a ambos lado y con un ademán le indicó que hiciera la maniobra nuevamente.

Batisttone repitió la maniobra con mucha pericia. Tomó altura y luego se acercaron a los árboles.

Arrojaron la granada, rebotó en las ramas y cuando tocó el suelo, explotó con mucha fuerza.

Unos nativos quedaron heridos en el suelo mientras otros corrían despavoridos hacia la jungla.

—¡Salgan ahora!—gritó Eduard. Varios hombres saltaron por la ventana y corrieron alocadamente hacia la nave de transporte que estaba a unos cincuenta metros.

El piloto volvió a descender, se puso sobre la nave de transporte y Morgan junto a Mirko abrieron fuego para cubrir a los hombres. Sin embargo, los guerreros no se daban por vencidos y seguían arrojando sus lanzas y flechas por doquier.

Era el turno de Eduard de salir por la ventana. Roland junto a un hombre le tendieron una mano. Los nativos comenzaron a acercarse de nuevo y sus disparos se hacían mas certeros.

Batisttone tomó altura para esquivar algunas flechas y le pidió al Sargento que arrojara la última granada. Nuevamente una fuerte explosión hizo retroceder a los guerreros.

Un hombre moreno, alto y robusto, bajó de la nave y fue en socorro de Eduard y Roland, quien con un brazo sostenía al veedor y con el otro un maletín plateado.

—¡Déjemelo a mí!—gritó el moreno y cargó a Eduard sobre sus hombros.

El piloto del carguero bajó con un rifle y comenzó a disparar a los nativos que querían acercarse. Pero no fue una buena idea.

Tonak, además de ser el guerrero mas rápido, era uno de los mejores arrojando lanzas. Corrió unos metros, hizo un salto al cielo y arrojó su arma con todas sus fuerzas hacia la nave.

La lanza tomó altura y luego cayó con mucha velocidad, dándole de lleno al piloto el cual murió instantáneamente.

Roland fue el primero en entrar a la nave. Dejó su maletín en el suelo y se dio vuelta para asistir al hombre que cargaba a Eduard. Este lo bajó y en ese mismo momento fue alcanzado por una flecha en su hombro. Dos operarios chinos les ayudaron a entrar. Roland tomó el rifle que estaba en el suelo lleno de lodo y respondió con disparos y gritos de desesperación.

Uno de los hombres oprimió el interruptor que cerraba la escotilla de la nave.

Eduard ordenó a los hombres que tomaran asiento y se puso a contar para saber cuántos eran. El copiloto no paraba de sangrar y lo recostaron en el suelo. Roland encontró el maletín de primeros auxilios y lo atendieron. Por fortuna el Doctor estaba a salvo con ellos y se ocupó del hombre.

El copiloto gritaba del dolor mientras el Doctor presionaba su herida para detener la hemorragia. El piso de la nave se había convertido en un charco de sangre.

—¿Dónde diablos está la Doctora Rose?— preguntó Eduard a uno de los asistentes. El hombre sólo subió sus hombros y mostró sus manos.

—Malditos cobardes, la dejaron atrás. Páseme el radio.

Rose y Lily continuaban escondidas debajo de la litera. Estaban solas. No había nadie. Sólo los cadáveres de los hombres que habían sido blanco de las flechas de los centinelas.

El módulo de la Doctora tenía una puerta con cerradura electrónica y sólo se habría con su clave. Además no podía verse en su interior salvo por la pequeña ventana que daba al pasillo común. Con las luces apagadas, habían pasado desapercibidos para los centinelas, salvo para aquel que las había observado en el inicio del ataque, cuando aún el lugar estaba lleno de neblina.

Batisttone y los demás hombres fueron alertados por Eduard. Este explicaba lo que estaba sucediendo de manera desesperada por el radio.

—¡Yo voy por ellas!—dijo el Sargento sin titubear.

—¿Algún voluntario más?—preguntó el piloto. Martin levantó su mano con temor, Mirko lo palmeó en el hombro dándole aliento y dijo.

—Yo te cubro desde el helicóptero. Vos corres más rápido y sólo vamos a tener unos segundos.

—Bien, ¡aquí vamos! ¡preparan sus armas!— exclamó Batisttone.

El piloto comenzó el descenso. Algunos nativos estaban muy próximos a la entrada de los módulos, pero al ver al helicóptero, se fueron corriendo hacia los árboles.

Martin fue el primero en saltar del helicóptero y entrar por la ventana. Sus pies pisaron un cadáver. Cerró sus ojos por un instante impresionado y cuando los volvió a abrir, observó el salón comedor. Había sangre por todas partes. El piso estaba repleto de huellas rojas y todo estaba dado vueltas.

El Sargento entró y tuvo la misma suerte, pero tomó el cuerpo del hombre por sus pies y lo corrió del camino.

Martin comenzó a gritar el nombre de la Doctora mientras avanzaba por el pasillo. El Sargento lo seguía sin dejar de mirar a sus espaldas.

Llegaron hasta el módulo de la Doctora y golpeó la puerta con insistencia.

—Rose, ¡soy Martin! ¡vinimos por ustedes!.

Se escuchó el sonido del panel de electrónico y la puerta se abrió.

Rose abrazó a Martin como si fuera el novio.

El Sargento los observó y aunque nervioso le dijo.

—Creo que te ganaste una cita con la doctora, ¡ahora salgamos de aquí!.

Los cuatro caminaron rápido hasta la salida. Se escuchaba el sonido del helicóptero. Alejandro lo mantenía en marcha, listo para el despegue.

Martin y Rose subieron primero, pero Lily quien iba última se alejó corriendo de la nave.

—¡A dónde vas!—le gritó el Sargento enfurecido.

—Lo lamento, pero tengo que liberarlo— respondió la joven y corrió rápidamente hasta donde tenían cautivo a Akum.

Raman y varios guerreros vieron a la joven a la distancia y fueron tras ella. El Sargento le hizo una señal al piloto para que despegara.

Lily entró a la carpa donde habían improvisado el laboratorio. Todo estaba destruído y los cuerpos de los hombres de Roland estaban por todas partes.

Apurada Lily observó el lugar. Sabía que la cápsula debía estar allí. Vio una pila de cosas y comenzó a botarlas por todas partes. Unos segundos después, quitó una tela camuflada y allí estaba la cápsula. Observó por una pequeña ventana. Una tenue luz de led azul iluminaba a su ocupante dormido.

La joven buscaba el interruptor que la abriera de forma desesperada.

—Apresúrate, no tenemos todo el día—Le gritó el Sargento mientras apuntaba con su rifle a la puerta.

—¡Aquí está! ¡lo encontré!—dijo Lily.

—Ya es tarde. Levanta las manos—respondió el Sargento. Los guerreros los habían rodeado.

El líder de los centinelas entró a la carpa. Aún sangraba por el disparo en su hombro. Sus guerreros les apuntaban con las armas pero a pesar de ello. Lily tomó coraje y se arriesgó accionando el interruptor de la cápsula. Uno de los guerreros gritó y la joven levantó sus brazos juntando sus manos como alguien que va a rezar. Se escuchó un sonido a descompresión y la cápsula se abrió. Lily levantó la puerta y todos pudieron ver al guerrero quien comenzaba despertarse.

El Sargento tomó del brazo a la genetista y retrocedieron unos pasos. Los guerreros se olvidaron de ellos por unos instantes y trataron de despertar a Akum.

—¡Corre a la nave y no mires atrás!—gritó Leonard y ambos salieron a toda velocidad de la carpa.

El helicóptero seguía sobrevolando el lugar. Batisttone vio a la muchacha correr hacia la nave y por el radio gritó que le abrieran la puerta a la joven.

Los guerreros salieron de la carpa y empezaron a arrojar flechas. Una pasó muy cerca del Sargento y se clavó en el suelo unos metro mas adelante. Entonces Leonard se dio vuelta, apoyó su rodilla izquierda en el suelo y comenzó a disparar hacia el laboratorio. Uno de los guerreros cayó herido por los disparos y los demás entraron nuevamente a la carpa, pero la lona no los protegería de las balas y enfurecido, el Sargento no dejaba de apretar el gatillo de su rifle. Las ráfagas de disparos perforaban la lona y nadie volvió a salir de allí.

Lily llegó hasta la escotilla de la nave y se arrojó dentro cayendo en los brazos de Roland quien aún estaba aturdido por lo sucedido unos minutos antes.

El Sargento agotó la munición de su rifle. Buscó un cargador dentro de su mochila y encontró el último. Se puso de pie y una flecha se clavó en su vientre.

Desde el helicóptero Shuan y Mirko disparaban a los nativos, pero eran demasiados.

Por el radio se escuchó la voz de Eduard desesperado.

—¡No tenemos piloto, repito, no tenemos piloto!

Alejandro entró en pánico por un instante. Luego volvió en sí y recordó que le había dado una clase de vuelo a la joven genetista. Le pidió a Eduard que la pusiera en la cabina de la nave.

No hizo falta. La joven al escuchar los gritos de desesperación de Eduard, se sentó en el asiento del piloto y se puso los auriculares para escuchar a Baristtone.

—Hola, estoy lista, señor—dijo fuerte y claro.

—¿Recuerda la secuencia de encendido?—preguntó Alejandro con miedo.

Lily comenzó a accionar interruptores y se escuchó un sonido. Los motores que habían encendido.

Al mismo tiempo, una lluvia de lanzas y flechas caía sobre el fuselaje de la nave. El ruido era ensordecedor.

Lily intentó jalar de la palanca de potencia de los motores, pero estaba atascada.

—No puedo dar energía a los motores. No sé qué hacer—dijo con desesperación.

El experimentado piloto estaba atento a la joven. Mientras tanto, hacía círculos con su nave para tratar de espantar a los nativos que asediaban al Sargento sin descanso.

—Arriba de tu cabeza hay un panel de botones. Oprime el azul de la izquierda que dice presurizar—dijo el piloto por el radio.

—¡Listo!—gritó Lily.

—Bien. Ahora ingresa en el panel de mando 0236 y oprime el enter.

En la pantalla del computador apareció la leyenda DESPEGUE DE EMERGENCIA. Los motores tomaron potencia y comenzaron a elevar la nave rápidamente.

Shuan se acercó a Alejandro y le dijo que ya no tenían más municiones.

El Sargento estaba tendido en el suelo. Se estaba desangrando por la herida. Sabía que el fin se acercaba y le dijo a Alejandro que se alejaran del lugar.

—Teniente, tome altura y aléjese lo más que pueda. Esto se terminó—dijo Leonard con una voz agónica.

En ese momento, Alejandro recordó la conversación secreta entre el Sargento y Partson. Entonces supuso lo peor. Jaló bruscamente la palanca y elevó el helicóptero.

Raman y Canami se acercaron hasta el Sargento para rematarlo. Akum ya recuperado, le gritó a la distancia que no lo hicieran. Estos dudaron por un momento y luego Canami dijo: ¡hazlo!

Raman elevó una lanza para clavarla en el pecho del Sargento.

Leonard lo miró a los los ojos sonriendo y le dijo: "bon voyage". Oprimió el botón de un control remoto y activó una secuencia de explosivos en toda la base. Los módulos comenzaron a estallar en bolas de fuego que envolvieron todo el lugar en cuestión de segundos. Akum se tiró al suelo junto a algunos de sus compañeros.

Partson desde la enfermería de la nave principal pudo ver como todo había sido destruido. Uno de sus hombres entró corriendo. Le avisó que uno de los transportes se dirigía hacia la nave nodriza y que habían enviado otro para rescatar a Batisttone y el resto de los hombres.

Mientras tanto, la nave comandada por la improvisada piloto cobraba altura.

Roland ansioso abrió su maletín. Dentro de éste, tenía las muestras de sangre tomadas al guerrero intactas, guardadas en capsulas refrigeradas.

Eduard se acercó como pudo para poder verlas. La curiosidad era más fuerte.

El hombre de Biogénesis lo miró y dijo.

—La próxima vez será diferente. Con ésto crearemos un avatar y nos ganaremos la confianza de los nativos.

El veedor tragó saliva al escuchar semejante aberración y concluyó.

—¡Los Alienígenas somos nosotros!

La primera misión a Pandora había terminado.

FIN

Made in the USA
Columbia, SC
27 April 2023

15713549R00143